吉原幸子　秘密の文学

戦後女性表現の原点

水田宗子

思潮社

吉原幸子　秘密の文学——戦後女性表現の原点

水田宗子

目次

装画＝柳澤紀子
装幀＝伊勢功治

吉原幸子　秘密の文学——戦後女性表現の原点　水田宗子

はじめに

吉原幸子（一九三二―二〇〇二）は、一九五〇年代半ばから二十世紀後半に現代詩の中心的存在として活躍、また、演劇や朗読、エッセイなど、さまざまな表現ジャンルにおいて多彩な才能を発揮した。没後二十年を過ぎた今日、その詩は評価の定まった古典作品のようですらある。

吉原は、自分の詩作品の背景や書かれた状況、テーマについて積極的に語っている。また、全集も生前に刊行され、多くの詩人、芸術家の友人たちと交流し、企画や出版に携わった編集者、多くの読者を持ち、みな吉原幸子の生涯と人柄について、作品について、それぞれの深い理解と愛着を語っている。にもかかわらず、吉原幸子の詩の世界は深い孤独と秘密に覆われているように思われてならない。

作品が詩人の人生との不可欠な関係において生み出されることに議論の余地はないが、個々の作品が集まって形成された表現空間は、詩人自身による説明や書かれた意図を超えて、それ自体で自立した世界を構成していて、それが読者に残されていくことも事実である。詩によって形成された表現空間は、詩人個人の隠された深層や詩人の生きた時代、文化の深層をも内包する哲学と美の空間であり、個人やその国の文化を超えた歴史の中に居場所を持つ。その作家、詩人と同時代を共有した読者がいなくなれば残るのは詩作品という、読まれなければ存在しない言葉によって構築された空間だけである。

読者は、その未知の空間に自分を投入することで、啓示と言っていい、自己と世界の関係が明示される一瞬を持つ。それは作品、そして詩空間の隠し持つ秘密との出会いであり、その理解であるだろうが、吉原幸子の詩は、その意味で未知の領域、秘密を内包する未踏の領域を形成している。そのような一瞬の啓示は、深い自分自身への沈潜の経験を与えてくれる。

本書は、詩人吉原幸子の個々の作品のテキスト分析でも、評伝的に詩人の全容に迫ろうとする試みでもない。吉原幸子の詩につよくあらわれている「異邦人意識」、二十世紀という時代における差別の被害を刻印したトラウマの記憶と詩表現の関係を考察することを目指している。吉原の異邦人意識は、出自に関する「はぐれもの意識」、そして性に対するジェンダー文化の「秘密」としてあらわれている。性規範、異性愛からの

「はぐれもの」としての意識は、吉原自身の個人的な経験を超えて、近代女性の家父長的な家族制度からの自由を目指して果たされなかった「セクシュアリティの反逆」として歴史の中に「沈黙」として位置づけられる。また、吉原の「異邦人意識」は、セクシュアリティの反逆であると同時に、二十世紀の戦争の被害者の記憶、沈黙を共有しながら、「生き残った」「選ばれた」者という自己意識を内包している。

吉原幸子の詩は、具体的、直接的経験が喚起する感情と思考から生み出されていて、決して観念的ではない。植民地支配、ナチズム、広島、長崎への原爆投下といった世界の災厄を直接的間接的に経験し、その暴力を生き残り、その経験を沈黙する母の世代を見て成長した、一九三〇年代生まれの女性作家たちと共通するトラウマを心に抱えている。それは、明治から大正にかけての「青鞜」に代表される「新しい女」と呼ばれた母の世代の記憶でもあり、世代的な挫折の傷痕でもある。その世代の沈黙を引き受けた吉原と同時代の作家たちは、危機感とセクシュアリティの自由への願望を形成している。

吉原幸子の作品世界を覆う自虐的な破滅への感性は、二十世紀の暴力を生き残った者の自己意識と表裏一体であり、女性への性差別と抑圧、戦争による暴力の断絶と継続の歴史のコンテクストにおいてその全容が理解されるのだと考える。吉原の傷つきやすい身体の「差し出し」は、左川ちかや尾崎翠に見られる、少女の非性的身体、無防備な滅びゆく弱い身体によるセクシュアリティの反逆と通じている。吉原の詩は、戦前のモダニズム女性文学からその感性と言葉を鮮やかに引き継ぎ、蘇らせている。戦後の女性詩人たちの詩は、戦争による断絶によって見失われていた女性のモダニズム文学の前衛的な感性と言葉の継承、「新しい女」のセクシュアリティの反逆の先に位置づけられる。

戦後批評は、女性の内面を捉える思想を無視してきただけでなく、世界的に共通する性差別と戦争の暴力が女性に残したトラウマに焦点を当ててこなかった。一九三〇年代に生まれ、五〇年代に書き始めた戦後第一世代の女性詩人に関する批評の欠落は、日本の戦後批評のみならず、二十一世紀の批評に偏りを生じさせている。吉原幸子の文学における痛みと苦しみの根源、戦争の痕跡を考えることは、女性の戦争体験とそのトラウマの分析の重要性を明らかにするだろう。本書では、ポスト・ナチズム、ポスト・ヒロシマの表現を形成している点で世界文学として屹立する女性作家の一人である吉原の「惨事の記憶」が、どのような痕跡を詩人の源泉に刻み、作品に刻印されたかを考えたい。

二十世紀文学批評の中心を占めたニュー・クリティシズムは、作品は作者の個人的な体験を超えて世界の文化的記憶とつながると主張して、作品の外部、詩人の時間と空間を超えた文化や先行する作品群との関係において考える思想を展開した。世界文学、文化的記憶の領域のコンテクストに作品を位置づけ、作家個人や国といった、固有の文化の現在性と場所を超えた文学表現空間とその記憶に、作品の居場所を与えたのである。

しかし一方で、次第にその評価の基準となる西欧中心主義、男性中心主義があらわになり、価値と評価の分断が進んできている。世界がある特定の支配的価値観を中心とした構造を持つ構築されたものであるという思想は、ポスト・ヒロシマ、ポスト・ナチズムの世界を限りない分断へと導いて、「生き残ったものの苦悩」も相対化されてしまい、いずれその分断の破片となりかねない。

また、災害、戦争、気候変動、放射能汚染といった具体的な惨事が同時多発的に世界のあらゆる場所に住む人々を襲い、巻き込んでいく二十一世紀の現実に直面して、批評は、個人の「真実」を批評と言説の前面へ「救い出す」ことなしにありえず、新たな創作と批評の関係、作者個人の経験、作品、批評の関係が形成されようとしている。これは二十世紀における男性中心的な批評からの転機であり、展開であると考える。その先端を担って、フェミニズム批評は、個人としての女性の経験と、主体形成の過程、その困難、苦悩、課題について二十世紀後半に活発な言説を展開してきた。

例えば、白石かずこ、吉原幸子、富岡多恵子は、「わたし」と語る詩の「声」＝ペルソナに、過激な身体、大胆な身振りとリズムに、非具象的表現を託し、詩人個人の感性と思想をいわばドラマ化、ヴィジュアル化する。彼女たちは、母性、産む性を押しつけられる女性のセクシュアリティの拒絶、少女の非性的身体、同性愛による異性愛への反逆を、モダニズムの詩人たちから引き継いでいる。森茉莉、左川ちか、尾崎翠らの性への違和感は、エドガー・アラン・ポーにその源流をたどれるが、こうしたモダニズムの作家たちから物語を反物語化する言葉の反逆を継承しながら、性的抑圧のトラウマの前景化とそこからの脱却を表現の原動力としている。

産む性／産まない性の分断、女性の恋愛（性愛）する身体と産む性の身体（母体）の分断は、「青鞜」時代からの女性論の終わりない課題として戦後も森崎和江をはじめとする詩人・作家たちに引き継がれた。戦後、中産階級化する世界で無化されようとする差別と虐殺の記憶、母の世代の記憶の痕跡を核に据える詩人たちの表現の解明は、二十一世紀の批評の重要な課題である。

作品は、作家の人生の事実、作品に描かれた具体的な言葉の意味、自作解説、伝記、批評の解読も、そのどれによってもすべてを言い尽くすことはできない「秘密」を持っている。吉原幸子の文学は、その秘密によって詩表現の魅力をより鮮明に表している。それが文学表現の固有の領域なのであり、そこに到りたいと願うのが批評だろう。
吉原幸子の「秘密」は、具体的な秘密を超え、直接的に、言葉で、あるいは、一つの作品では表現できないトラウマ、「失語症」を指している。同時に、隠したい、表現したくないという詩人の心を示してもいる。女性の「書く主体」の立ち上げは、多くの試行錯誤と戦略を生み出してきたが、「主体」というよりは、世界との関係における自己意識、自己の存在意識の模索であると考える。

拙著『モダニズムと〈戦後女性詩〉の展開』（思潮社）でも書いたが、詩の批評で使われる「ペルソナ」という語は本来仮面を意味するが、作者、詩や物語内での主人公とも区別される、作中での語る主体を意味している。小説ならば、語り手と言われる、作品の中の語る主体であり、詩では、「声」と考えられてきた。作者とも登場人物とも一線を画す表現空間での「人形遣い」としての語り手であり、その行動、考え方などで物語の動きを主導し、ヘンリー・ジェイムズ流に言えば、作品＝物語の「意識の中心」として、他の人物や状況などを現前化する。

ペルソナは、詩人の生の声ではなく、仮面劇の「仮面」を被った詩人の分身の声というほどにも単純ではない。従来、詩の声は詩人自身の声に近く、一人称で語られると考えられがちであったが、現代詩では、人称のない、つまり、主語のない声、人称のないイメージに託した表現も多い。何より現代詩におけるペルソナは、隠されたもの、語りえぬもの、つまり、「秘密」や「沈黙」を言語化する場合には不可欠な役割を担っているのである。

とくに女性にとって「語る主体」の立ち上げは、女性主体においても、現代詩表現においても困難な課題であった。ジェンダー文化が蓄積してきた、複層的な自己と他者、文化の無意識をかいくぐっての作業であり、前例となる詩作品が極めて少ないことから、引用、「語り直し」が批評を担うペルソナを必要としたのである。

吉原幸子の詩における「語る主体」＝仮面＝ペルソナは、痛み、苦しむ主体が、獣や幼児、動物、鳥、人形などと同一化しながら、初期から晩年の作品まで、変容、進化しながら、展開していったのである。

序章　「秘密」と表現

戦後女性文学と批評

第二次世界大戦後の、多くの女性作家の出現と活躍は、二十世紀後半の文学を特徴づける画期的な現象だろう。敗戦は、二十世紀日本の最も過酷な転換点となったが、それは政治・社会的転換である以上に、日本人の心に大きな葛藤をもたらした。女性にとっても明治時代の近代化による変化以上の意識の変革を生み出した。新憲法の制定、民法改正による家父長制の廃止、男女平等教育を経験しながら、その底流にある慣習、深層心理に蓄積された性意識が変容しないために実態が変わらないという矛盾を抱えてきた。

戦後に書き始めた女性作家にとっても、戦前世代の母の娘であるかぎり急激な制度の変革は、女性であることの新しい自己意識をもたらすものではなかった。戦後女性文学は、母を反面教師とすることによって出発していることで共通するが、これまで語られてこなかった母という「女性の物語」を表現空間に位置づけたことも大きな特徴である。

戦争直後は、戦前から政治活動に参加していた宮本百合子、佐多稲子、平林たい子らが活躍したが、一九五〇年代以降、戦後教育を受けた女性作家たちが中心となり、明らかに戦前、戦中のリアリズム女性文学とは大きく異なる表現を生み出した。戦後の女性作家にとって抑圧からの脱却は未解決の課題であったが、その課題に向き合うことは、規範を内面化してきた女性自身の内面を掘り下げ、脱構築することだった。それは、女性自身に個人とは何か、女とは何か、性愛とは何かという問いに向き合わせた。

五〇年代に作品を書き始めた女性作家には森崎和江、加藤幸子をはじめ、植民地で幼少時代を過ごした者、外地経験のある者も多い。彼女たちの、性規範と異性愛にもとづく家制度の「外部」への思考がセクシュアリティの未知の領域へと向かわせた。それが戦前のセクシュアリティの反逆とは異なる特徴である。戦後の日本におけるフェミニズム批評の第一陣を切った森崎は、産む性／産まない性の葛藤という女性のセクシュアリティの分断をまず課題として考察した。

女性の身体原理とされてきた産む性と母性神話の解体は、ボーヴォワールの『第二の性』（一九四九）によって示された。日本では森崎の『第三の性』（一九六五）が、女性の産む／産まないの選択を、異性愛＝エロスの課題として前景化させた。

　戦後日本文学における「生き残り」への執念には、大規模な国土の荒廃、アメリカ軍の占領による深い絶望感と自信喪失、自虐、自滅へ向かう感性と、外的な変革によって簡単に断絶しない日本文化への回帰欲求が共存していた。戦後の男女平等教育を受けた一九三〇年代生まれの女性作家たちは、男性と同じように活躍できる明るい将来への希望ではなく、「母の物語」が娘に刻んだトラウマとの葛藤から表現を始めなければならなかった。そのため、一見、社会や政治とは関係ないかに見える、個人の内面と文化の深層の掘り下げという実存的課題へ向かったのである。母の物語のトラウマとの対峙を経た表現の深化が、それまでの女性表現とは異なった表現領域を開拓した。

　それは、文化の無意識の探求を通して達する領域であり、秘密や沈黙によって表現される領域である。戦争と虐殺の暴力を直接・間接に経験した者の心の傷、生き残った者の恐怖と不安、強迫観念、そして、絶望と生への渇望の渾然とする内面風景を生み出している。円地文子、平林たい子、河野多惠子らは、戦前あるいは戦中から書き始めているが、家父長制と性規範からの「はぐれもの」としての思考と想像力、内面に溜め込んでいた沈黙を怨念として解き放つことによって表現世界を形成している。円地文子の『女面』、河野多惠子の『こういう女』などは、異性愛と家族の性の暴力に対するラディカルな批判的想像力をマゾヒズムの実践の物語として展開する。ともに近代文学が醸成した恋愛幻想と家族制度の欺瞞を暴き、性規範に対する反逆を、異性愛の外部ではなく内部、異性愛の抑圧的空間の中で展開させていることが特徴である。

二十世紀後半の批評と思想の中心を占めてきた戦後論は、敗戦を日本がどのように受け止めてきたか、そして敗戦によって傷つけられた国家の自信をどのように回復するかが中心的課題だった。国家の自信とは日本人男性の自信であり、敗戦、占領で傷つけられた国家＝男性的自我の回復の課題であって、女性の自我、アイデンティティへの思考も想像力も欠落している。それに対応したのがフェミニズム批評であったが、戦後日本論の言論空間には取り入れられることはなかった。

戦後批評は、女性による表現と男性による表現、詩と小説の批評をも分断してきた。女性による表現は女性に任せ、詩論は詩人に任せ、現在もそれは変わらない。女性は批評の場、文壇に参画せず、女性表現を取り上げれば「フェミニズム批評」という領域に押し込めて、男性の批評家との対話と議論が不在なのが現状である。

「もはや戦後ではない」と言って経済が軌道に乗り出した一九六〇年代、谷崎潤一郎、川端康成といった作家が創作活動を展開し、文壇の中心的な存在となったが、日本文化が世界に受け入れられたのは彼らの伝統的美意識によってであった。一方で、詩では、白石かずこ、富岡多恵子、吉原幸子らが登場し、海外でも多くの読者を獲得した。

二つの「秘密」と「地球外妊娠」

文学表現と秘密は根源的な関係を持っている。近代作家や詩人には「秘密」を表現の根幹に置くことによって作品世界を展開する作家と、自分のコンプレックス、秘密を暴露して、自虐的な自己意識を語りの主体とする作家がいる。志賀直哉のように秘密をほのめかす作家も、室生犀星や太宰治のように自虐的自己意識を前面に出す作家も、両者は戦略においては異なっていても、テキストの次元での秘密は秘密ではなく、秘密を持つ自己という主体を形成して表現空間の「物語」を構築している点で共通している。結局のところ、作家、詩人は、人間の心の奥底には到達できない秘密の重層構造を持ち、それを剝がしていっても真実が見えるわけではないという認識を表現しているのだ。

文学でなければ表現できないことが「秘密」であり、同時に、文学は秘密を常にかくし持つことで成り立つ。つまり、秘密とは語りえぬものであり、文学は語りえぬものを内包する表現である。滅ぼされた王国や共同体、暗殺された英雄や指導者とその一族、鬼、天狗、反逆者や亡命者の伝説、サタン信仰や魔神伝説、死者の国、超自然界との交流、異類婚、近親相姦など、近代社会のタブーとされた多くのテーマが文学に引き継がれてきた。中でも近代、現代文学に残っているのは、近代社会の根幹を形成する家族制度と性規範に違反する「出自」の秘密である。

吉原幸子は、自分には二つの「秘密」があるという。その「秘密」は、テキストの表層から隠されている。自分は神が母に「地球外妊娠」させて生まれた娘であり、この自己意識が、吉原の主体としての認識である。

> 私が生まれる前に起こったある〝事件〟、母の辿ってきたある〝歴史〟の結果として、もの心ついた時、私の周囲には目に見えない大人同士の黙契のようなものが張りめぐらされていた。私は何もわからないままそれに加担させられたのだ。一方では母を含むごく一部の大人たちに言い聞かされる〝秘密〟を無邪気に楽しみながら、何も知りたがってはいけないという警戒心と、恐怖心のようなものがあった。
>
> （「河に注ぐ川」『花のもとにて 春』）

二つの「秘密」とは、一つは、詩人の出生、母の恋愛、妊娠と出産が、制度化された家族の枠組みを外れるものであったことを示しているだろう。母はそのことについて語らず、娘がそれに近づくことはタブーとされていて、母の沈黙を自身のアイデンティティの根拠として内面化していく。もう一つは、性愛の秘密である。異性愛に基づく婚姻制度を正当化し、二つだけの性を肯定することで成り立つ社会の外部にいることを指している。それが「秘密」の根源で、それが、神の子、選ばれたものとしての自己意識を形成している。秘密を持つゆえに異邦人意識と特権的な意識が形成される。

家制度、性規範が現実の社会生活を支配する母の時代には、出生の秘密も、性愛の秘密も、それを隠す現実的な必要があった。娘である吉原の時代は、タブーの意味を次第に失う社会的な流れにあったとはいえ、吉原の作品世界を形成する痛みの感覚は、ありのままの自分を隠さなければならない苦しみであり、さらにその「秘密」が自己存在の起源であり、表現の根源であることを示し続けている。

重要なのは、吉原の秘密は、娘の自己意識を形成する秘密である以前に、母の秘密であることだ。吉原自身、母を「新しい女」と呼んでいる。吉原は、「新しい女」である母が神との間に「地球外妊娠」して出産した娘である「秘密」を、自己の原点として位置づける。「秘密」は詩人自身のものであり、その存在自体でもあるが、秘密が吉原の表現世界を形成するのは、自己意識を痛めつけた暴力と権力に対する抵抗であり、秘密のもたらす痛みと苦しみを通してのみ可視化されるのである。

吉原の秘密は、存在の根底に位置する秘密でありながら、歴史がその記憶を抹消しようと隠蔽してきた被害者の秘密でもある。その秘密＝沈黙は、個人的な秘密を超えて、二十世紀前半の残忍な戦争や世界的な人種差別、ナチスによる強制収容所での大量虐殺、原爆・空襲による暴力とその生き残りの記憶、語られない苦しみの記憶に深くつながっている。吉原は、この戦争の暴力、殺戮の残忍性を子供時代に経験した。その権力の暴力によってもたらされた「秘密」を、吉原の第三の秘密と位置づけたい。

秘密は、単に婚外子や家族の問題ではなく、人種、宗教、共同体の「出自」の秘密に直接的につながっている。この秘密は、戦後に歴史的、社会的に解消されるどころか、現在まで差別の構造の基盤となって、ますます多くの被害者を出し続けている。世界的には、ユダヤ人大量殺戮の現実とその記憶の封印は最も顕著な「秘密」である。ナチスによる人種差別に抵抗するには、隠れること、なりすますこと、同族を裏切り、自分を偽って生き延びてきた心の傷が、生き残った者の、秘密、苦しみの沈黙の根底にある。秘密は、二十世紀文学の広大な風景を作っているといっても過言ではない。

国家権力は、父権性を構造の基盤としている。「父なるもの」は、ジェンダー、セクシュアリティ支配構造における権力を示す。吉原は、シルヴィア・プラスへの強い共感を示しているが、それは暴力の被害者、「父の娘」という意識を持ち、姿を見せないがゆえに絶対的な支配を及ぼす父＝神とそれに依存する娘という、ジェンダー構造にはめ込まれた認識を共有しているためだろう。吉原の作品世界では、父は神として不在であるがために苦しみを与え続けるが、同時に自分を選ばれた者とするのも、苦しみの根源としての父＝神の存在である。父は苦しみの根源であり、娘はそこから抜け出せない。

吉原は、母の世代、「新しい女」の、女性の自己実現としての「近代的恋愛（異性愛）」を生ききれなかった記憶を受け継ぎ、異性愛にとどまらない性愛を描いた。二つの性を超えた性のありようについて吉原は明確に語っていないが、その作品に示唆されている。後期の作品における弱きいのち、他者への全面的受容と一体化は、性愛がかぎりない多様性を持つことを意味している。

吉原の詩を覆うのは、生々しい血を吹き出す皮膚の上の傷の「痛み」だが、心に刻まれた傷痕が何であり、苦しみの原因が何かは明白に語られない。吉原の「秘密」を形成する「隠されたもの」、痛みをもたらす「苦しみ」は、原因が特定されない暴力的な力によって与えられる生への危機感であり、不安である。苦しみはその不安に、無防備な裸のままさらされ、それが実存的苦しみとして詩人の自己意識を形づくっている。

詩人の存在意識を脅かす特定されない暴力、理不尽で不確定な暴力の源を、カントの言う根本悪にもとづくハンナ・アレントの根源悪（Radical Evil）と同質の悪と考えたい。根本悪の被害者の恐怖は、シルヴィア・プラスのそれと同根である。吉原は、東京空襲の惨事、敗戦後の復員兵や傷病兵、植民地からの帰還者、闇市の風景を目撃している。

プラスの詩も、痛みをもたらす存在の苦しみで成り立っている。「父」を頂点とする男性中心社会が、女性、「娘」の内面に植えつけた自己否定の恐怖の根源であることをプラスの詩は示している。プラスは、ユダヤ人の強制収容所の生き残りたちの沈黙した苦しみを身近に見て成長した。被害者の苦しみは、彼らの沈黙に封印されたままだが、それは文化的に隠蔽されている。「父」の庇護と支配の仕組みの中に置かれてきた母世代の「娘」の内的経験は、二十世紀を象徴する災厄の被害者の沈黙＝秘密と共通する恐怖、危機感、不安を内包している。

要約すれば、二十世紀後半、女性詩人・作家は、性規範、家制度の「外」を生きる女性の自己意識のあり方を提示することによって最もラディカルな表現領域を開拓した。家父長制家族に代わって核家族が、資本主義産業社会の発展のための労働力と生命の再生産の場として、そしてそれらを担う主婦という女性役割を定着させていく中で、その外部においても女性は産む性から解放されているわけではなく、産む性／産まない性の葛藤と分断は女性の内面の課題であり続け、セクシュアリティの自由は異性愛の外へと向かっていった。家父長制によるあからさまな抑圧ではなく、民主主義、男女平等という建前のもとで再編成された核家族を基本とする性規範からの脱却は、二項対立的な男女関係、産む性／産まない性の分断を超えたセクシュアリティの探求でもあった。

教育の恩恵を受けた者たちが中産階級へのレールから外れる者たちを周縁化し、人種、性別、貧富、障害といった差別を隠蔽しながら社会を再構築していく中で、知的エリートでもある女性詩人・作家が社会の「はぐれもの」「異邦人」意識を抱きながら戦後女性表現の根幹を形成していった。彼女たちの「はぐれもの」「異邦人」意識の表出が、権力の欲望によって虐げられる人種・民族、あるいは、人間文明の利益のために飼育され、屠殺される動物、伐採され消滅する森林といった表象空間において展開されることも顕著な特徴である。

吉原は、人間文明の抑圧が、女性だけではなく、動物や虫を含む、いのちを持つ生き物と自然への抑圧であることを感知していく詩的想像力の広がりを先鋭に表現した。母の世代のセクシュアリティの反逆と、戦争による理由なき虐殺の記憶をトラウマとして引き継いだ作家たちは、セクシュアリティの限界、タブーを越える表現を展開していく。殺戮と暴力のトラウマが刻印された、世界共有の苦しみを沈黙した被害者＝生き残りの「内面」の表出は、自己と他者、内面と外界、心と身体、男性と女性、人間と自然といった二項対立を脱構築する視点を開拓したのである。

本書では、吉原幸子の作品に沿いながら、二十世紀前半の世界的な恐怖の時代を生き残った戦後の女性詩人・作家たちが「失語症」＝沈黙を通して表現してきた苦しみの記憶と、日本の復興の過程で再構成されていく抑圧的な異性愛的風土から、その外へとはぐれていく詩人・吉原幸子の感性が開拓した表現領域を考えていきたい。

第一章 「叫び」と「失語症」

森林――痛みと孤独の場

さうして　わたしは　死んだ
けものたちの　叫びも　叫びも
わたしの　傷　傷
わたしにのこされた　この失語症

（「くらい森」『幼年連禱』）

吉原の「叫び」は、『幼年連禱』の幼児の叫び、「けものたち」の叫びとして描かれる。「叫び」は、吉原の詩的表出の基本言語である。幼児は、人間社会の言語の習得以前の存在であり、けものは、人間と共有する言語を持たない。人間社会の言葉を超えた表現が、吉原の詩的空間を形成する。吉原の詩的言語は、野生の獣と一体化した「叫び」である。叫びは意味を明確にしない発声であり、社会性を持つことを拒否してもいる。その詩的空間、幼児と獣の「叫び」の場は、原始の森である。

叫びをもたらすものは傷の痛みであり、その後に失語症が残る。言葉を持たない「けものたち」と「わたし」は、沈黙した森の「闇」となる。幼年のペルソナを被った「わたし」の存在意識は「闇」である。

なぜ幼児は野生動物と同じ原初の森にいるのか。森に迷い込んだのか、そこに捨てられたのか、あるいは森が幼児の本来の居場所なのか。原始の森は、野獣の住む場所であり、野獣の叫びは、幼児の叫びである。この原始の森が、吉原の詩の出生の場であり、叫びが詩の原初の発語であることは確かなようだ。野生動物は、人間社会の外に追いやられ、内に入れば傷を負い、絶滅の危機にさらされるいのちである。「地球外妊娠」によって生まれた幼児は、野生の獣と同じ生の位相に置かれている。

「叫び」は、幼児の最初の自己表出が「傷を負ったもの」であることを示している。近代文明が進む中で、人間文化から排除され、周縁化されていくいのちと身体の位相である。傷は「失語症」を生む。叫びという言葉から、読者は、言葉にならない苦しみと絶望を感じるだろう。同時に、伝達の言葉をまだ持たない幼児、そして野生動物という人間社会の外縁を生きるいのちの発する声を想起する。

叫びは声であるが、同時に、読者は、例えば、ムンクの「叫び」のように、声の聞こえない叫びも想起する。叫びは内なる声である。詩にも絵画にも、声や音は使われない。叫びが喚起するのは、言葉を超えた痛み、苦しみ、絶望であり、それは音や声のない沈黙に匹敵する強度を有している。音や声は、それ自体ではなく、オノマトペに置き換えられたり、身体の表情や情景や雰囲気の描写によって伝達される。吉原の叫びも、声でない声、音でない音を喚起する。それが「失語症」の表現である。

『幼年連禱』は、詩人が大人になってからの作品であり、幼年期の再現ではないという。幼年と叫びは、吉原の詩人としての原点であると同時に、すべての詩作品を貫く感性と想像力、自己意識の核であり続ける。詩人の内面の叫びを、幼児や野獣の叫びに託す表現は、吉原の詩的戦略である。原始の森にひとり置き去りにされた幼児は、吉原のすべての作品におけるペルソナの原型である。吉原の詩表現は、幼児の叫びから始まり、去っていく母の「後ろ姿」への呼びかけで終わっている。吉原のペルソナは生涯、失語症で孤独である。

獣の姿は、「秘密」を内面に沈黙させたまま死にゆくいのちの姿でもある。それは、尊厳を保ついのちの、究極の孤独の姿である。傷を負った野獣としての幼児の叫びは、怒っているようでも苦しんでいるようでも、救いを求めているようでも、そして祈っているようでもある。野獣はまた、自らの死を受け入れ、威厳を持って死に場所へ向かう「象」としても描かれる。

象が啼く
密林の梢　ふりかかる　青い空またいで
象よ啼け　れうれうと　墓場への道

（「象」『幼年連禱』）

叫びは、吉原の「秘密」に深く関わっているだろう。幼児としてのペルソナが、母親や家族を離れて原始の森に放り出されていること自体が、ただならぬ情景である。吉原の「秘密」に迫る鍵は、確かにこの最初の詩集『幼年連禱』にある。そこで描かれているのは「痛み」であり「苦しみ」であるが、その苦しみの起源は明かされない。苦しみは、傷によって表象されるが、傷は、目に見える身体への直接的、表層的な皮膚の痛みであり、その原因である生の「苦しみ」の起源を語っていない。「秘密」は、吉原の詩の原点にあり、『幼年連禱』以後のすべての作品に深く関係している。幼児という創られたペルソナの声は、他者へ向けられるのではなく、限りなく自分自身へ向けられた感情の発露である。

分身の出現

一方、『幼年連禱』には、子を産み育てることを通して、苦しみを共有する分身ともいうべき他者へ向けられた詩人の声が表現されている。その他者はまず、吉原の生んだ子であり、『幼年連禱』の多くの作品は、我が子である「J」に向けられている。

おまへにあげよう
ゆるしておくれ　こんなに痛いいのちを
それでも　おまへにあげたい
いのちの　すばらしい痛さを
(…)
わたしは耐へよう　おまへの痛さを　うむため

おまへも耐へておくれ　わたしの痛さに　免じて（「あたらしいいのちに」『幼年連禱』）

『幼年連禱』には、詩人の自己形成の過程に根源的に関わる四つの際立った視座＝テーマが読み取れる。自己と世界の乖離、意識と存在の亀裂が、森、叫び、傷と痛みのイメージを通してあらわれている。

第一は、先に触れた、詩的表現としての「失語症」である。野生の獣の叫びと一体化した詩人の声なき声の表出という、詩的言語の道が示されていることである。そこには、言語を超える内なる傷の表出の衝動が込められている。

第二は、「かくれんぼ」や「鬼が来る」などの作品に見られる傷の記憶、トラウマの召喚である。痛み、苦しみ、生への恐怖の隠蔽された記憶を呼び戻す詩的視点である。トラウマは消えることなく、時間を潜り、記憶の深層に沈潜して、召喚される。

第三に、「Jに」の作品群に代表される、無防備な小さきいのちへの愛と、そのいのちを与えた自身の罪の意識である。そこには弱きものである野生動物の、不安と恐怖を乗り越えて自ら死へ向かう姿が描かれてもいる。その孤独で尊厳に満ちた姿への共感は、詩人の弱い他者への共感を表している。

第四に、無防備ないのちがさらす傷の痛みの絶え間ない反復と、その痛みの証拠であるトラウマの刻印である。生々しい血を流す傷と同時に刻印されたトラウマも反復される。根源的な傷はイメージとして残り続け、他者との葛藤の中でつねに召喚され、消えない記憶を象徴する。

傷と刻印
具象《かたち》はない
イマージュ
イマージュ
耳のない　けものたち
死んでいく夜の
ああ大きな赤い月　　月

（「くらい森」『幼年連禱』）

この詩集で、血の滴る傷の生々しさ、身体の直接的な痛みに加えて、その痛みを記号化する「赤い月」が森の空に刻印される。存在の不可知からくる苦しみの直接的な痛みと、その象徴としての傷痕が描かれている。「赤い月」は、晩年の詩集のタイトルともなった「発光」する傷痕のようにも読める。傷とその痛みが消えても痛みの象徴としての傷痕は光を放ち続ける。それは沈黙する苦しみの記憶である。傷の痛みと傷痕、この二つが同じ空間に位置する吉原の詩は、吉原の想像力とその表出を示す身体の直接的感覚と記憶の深層の召喚の同時性を表している。また、痛みの反復は、立ち去らずつねに回帰する時間の円環構造を示している。

風　吹いてゐる
木　立つている
ああ　こんなよる　立つているのね　木

（「無題《ナンセンス》」『幼年連禱』）

苦しむ自己意識はまた、一本の木としても刻印される。それは痛みに耐える孤独の表象であるが、それは、森での叫びと同様に、風が吹く原野に立つ裸の木という、生き残る力を持つ尊厳の表象である。「傷痕」、傷の刻印は存在の苦しみと同時に生命の尊厳の象徴なのである。

痛みは直接的であるが、苦しみは精神的なものである。身体的痛みと存在論的苦しみが、ここでは同時に表象されている。幼児の自分と世界の関係を探る手立ては体感であり、闇の森を傷つきながら枝葉を伸ばし、根を張り巡らしていく植物のように、自らの命の感触を確かめていく。一方で、暗い闇＝森の中の実存を照らす「赤い月」はすでに血を流さない傷痕のイメージである。赤い月は、幼児の痛みの記憶の刻印であると同時に、幼児を超えた多くのいのち、獣、木々、草花の傷の記憶の刻印である。傷とその傷痕の刻印、痛みとその記憶、叫びと失語症。吉原の詩的言語は、痛みの永遠回帰と消去の両方を内包する。詩表現は、痛みの召喚の試みであり、記憶の自己消去への抗いであるとも言える。

幼児が誰に向かって叫ぶのかと言えば、それは自分を産み落とした者、苦しみの存在の源に対してである。しかし自他が未だ渾然一体としている幼児の自己意識には、叫びは対象を欠いている。先に、吉原の幼児のペルソナの皮膚の上にある生々しい傷の痛みは、起源のわからない秘密の象徴であり、身体の表層の傷は内的な傷であり、いのちの苦しみであると述べた。この詩集では、傷の痛みと叫び、そして不可視な地球外の根源に位置する自己存在の位相、身体の痛みと実存的苦しみが一体化した自己感覚が提示されている。

地球外妊娠の娘――根源悪と秘密
もはや
陸でもない　海でもない
あるいは
わたしの前で　陸と海とが（太陽と月とが）
はじめて対等に　等距離になる
とびたつのだ　宇宙へ

さらば地球よ
銀河系の片隅の　九つの惑星をもつ一つの恒星の
三番目の　一つの衛星をもつ惑星よ
ふるさとか？
さうらしい　だが

もともと　神はわたしを
地球外妊娠したのだ
（「さらば地球よ」『夜間飛行』）

吉原は、子宮筋腫で子宮摘出手術を受けたときにこの言葉を使って詩を書いている。自分を神が「地球外妊娠」した娘だと規定することは、生まれる前の妊娠においてすでに「外部」に受胎した胎児であり、生命の危険を賭けた出産の結果であることを指している。本来ならアブジェクトされるはずの胎児が地上に投げ出されたというのだ。地球外妊娠した産みの母も地球内の家族に居場所はない。母を妊娠させた神＝父は「不在」である。吉原の出自は社会、家族内の父や母の系譜ではなく、半分は、地球を超えた神の系譜、半分は、家庭外、社会外で妊娠した「アウトローの母」の系譜である。この系譜自体が、吉原の詩の神話的想像力を表している。地球よりさらに広い世界で生を受けた者、そして真実の父は社会内の男性ではない超越的な存在であり、自分が選ばれた者であるという自己意識は、神話の中に位置づけられる者の意識である。
子宮外妊娠は、受精卵が母体に着床せず、放置すれば母体のいのちが失われる妊娠の異常事態であり、母体にとっても受精卵にとっても、そして妊娠という出来事にとっても死に至る危機である。子宮外妊娠という出産の惨事、母体と受精卵の「苦しみ」になぞらえたこの表現は、妊娠を、子宮という女性の身体内の出来事からより広い出生に関する出来事へと一気に読者の感性を導く。「地球外妊娠」という言葉が、妊娠と出産、いのちの出現を、個人の身体を超えた出来事であり、結婚制度や国家の制度や法律、そこでの家族、親子関係、社会通念に集約されない「宇宙的な」出来事であることを明示する。そして、その苦しみが、個人の苦しみを超えたいのちを抱える地球の苦しみでもあることを示唆しようとする。吉原は、そこに差異化された、特権的な自己の存在を認識しているのである。

吉原幸子のいう二つの秘密のうちの一つは、この自分の出自に関するものである。母は、地球内存在ではない神によって授けられた幼児とともに地球上における居場所のために家庭に入り、家庭内の父を子供に与える。そのとき、母の恋愛と出産、子供の出自は隠され、「秘密」となる。娘が育った法的な家族は、娘を保護する経済的余裕と社会的地位を維持する父と兄によって成り立っていて、アウトローであった母は地上の家族制度に回収され、母、妻という社会的、文化的身体としての女性性を確保する。そのとき、母の恋愛の挫折は母の内面に埋められ、その記憶への接近は娘にとってタブーとなる。それが、娘の「秘密」となり、トラウマを自己意識の根幹に創出する。アブジェクトされるべき存在でありながら、それを生き残った娘は、社会的家族に回収された母と、神の子である秘密を、つまり母の沈黙した苦しみの記憶を引き継ぐ。娘の秘密は、自分の出自への接近を禁止されることである。二つの秘密のうちの一つ、つまり、母の苦しみが、「隠されたもの」として娘の秘密に転嫁される。それが幼児の傷の起源である。

吉原は、母の自らへの「裏切り」によって、裕福で安全な居場所を持ち、幸子自身は、高い教育を受けた知的エリートとして社会に出ていくことができた。しかし母の「裏切り」は、娘の自意識に秘密というトラウマを刻印した。母の「裏切り」は、娘に対してでもあったのである。吉原の異邦人意識は、この「秘密」に起因している。

母の苦しみとその記憶の抑圧、娘のそのことへの接近の禁止、母の恋愛の挫折と家庭という制度への回収という個人的なトラウマは、さらなる文化的トラウマへとつながっている。それは「近代的恋愛」がもはや女性の自己主張と自立への道ではなく、戦後社会が急速に女性を家庭内に封じ込め、女性の居場所を核家族内へと制度化していく出来事がもたらすトラウマである。神が地球外妊娠した娘だという自己規定は、地球外を起源としながら、家族制度を基盤とする社会、ジェンダーにもとづく社会に産み落とされたという自己規定であり、その二面性が吉原の生と性の実存のありようであることを意味している。地球外とは、地球上の社会が搾取し、周縁化した原始林がそれに最も近い場所であり、ジェンダーにもとづく社会の外部を意味してもいる。このように、「地球外妊娠」という外部での妊娠は、ジェンダーにもとづく社会の外部での妊娠という意味が込められている。ジェンダー文化の産物としての女性ではなく、社会制度の規範である異性愛に依拠しない自分の存在の起源の確認でもある。

父の不在

吉原の「秘密」の重要な部分は、この隠蔽と苦しみが、神＝父の不在に依拠していることである。ギリシャ神話でも旧約聖書でも神の姿は不可視であり、神話の中の神は他の動物などの姿に変身して現れる。吉原の詩的空間は、母の存在の大きさに対し、父は不在である。その不在を埋めるのが抑圧だけを与える権力としての「根源悪」である。苦しみから救済する神＝父ではなく、苦しみのみを与え続ける根源悪の存在は、痛みとしてしか実感できない。いのちは、初めから傷を負っているのだ。

家父長制による家族が長く制度化されてきた日本では、出産は身体の出来事であるより家族の出来事であり、社会的な出来事であった。妊娠、出産の正当な場は、法的な婚姻による家庭内であり、「地球外妊娠」とは、生まれた子の居場所が家族内にも社会内にもないということであり、それは既存のジェンダーの概念を超えた存在であることを意味する。家族外の妊娠や出産が法的な位置を与えられるのは戦後のことであり、それ以前は、婚外子は養子縁組などで家庭内に居場所を与えられた。婚外子の存在は、女性とその子を社会の制度的恩恵から外れる被害者としたが、同時に女性たちは、その妊娠と出産の形を近代的恋愛、自由意志の証明として選択してきたのである。

姦通罪がなくなり、離婚が社会的なスティグマとならなくなる中で、婚外性愛や法的に婚姻関係を結ばない夫婦の形も選択されつつある一方、婚姻制度は国民国家の根幹を支える制度として、二十世紀後半、そして現在に至るまで法的根拠を持ち、人々の意識、文化的記憶を再生産してきた。吉原のいう地球外妊娠は、家族外妊娠、社会外妊娠として自己の出自を確認すると同時に、社会が規定した「女」の外部で生きる自己規定であり、ジェンダー外存在となる自らの性的存在のあり方を意味している。父は不在で、母は家庭に回収された性規範の受容者であり、その意味で、地球外妊娠を娘の秘密にした

「裏切り者」として存在する。
　吉原幸子の詩の原点の一つは、この母の恋愛の挫折にあり、隠された自分の出自の探究に始まっている。父は不在であり続けるが、母は、母の内面の「不在証明」(「オンディーヌ」)であり続ける。母の物語は、秘密＝沈黙の領域に遺棄されているのだ。後の章で考察する母との和解と許しは、母が病床にあって意識をなくしたときに初めて訪れる。母の物語は回帰しないが、娘は「秘密」から解放される。

　これまで多くの近代作家が、隠された出生や出自の秘密に苦しみ、その秘密への接近を自己意識の言語化の根拠としてきた。そこには、明治からの近代の実利重視の社会の進展の中で「無用もの」扱いされる文学者の社会への批判意識であると同時に、家父長制家族制度のもとで婚外子として生まれた子の屈折した感情と、鋭い観察・洞察眼が見られる。養子や里子、育ての親、生みの親との関係、兄弟間の軋轢、親や家族の世間体や損得感情への反発、日陰者扱いされる屈辱、「秘密」のままに家族制度の中に位置づけられて生きる自分の生に対する怒りなどが表現の原動力であることがわかる。近代以降の文学は、政治と社会制度の意図的な抑圧、苦しみの記憶の隠蔽に対する「暴力」への反抗でもあった。

ここでは、同じく「はぐれもの」意識を自身の根底に置いて書いた富岡多恵子について触れておきたい。富岡多恵子は、一九五〇年代後半から六〇年代に詩人として活動し、七〇年代から小説に転じた詩人・作家である。富岡は、近代文学は「ウラミ・ノベル」だという。法的な家族制度の中に居場所を持たず、中産階級化する社会の軌道から外れた「はぐれもの」意識とは、婚外子に限らず、障害者や同性愛者、家父長制家族の長男以外の者も含めて資本主義国民国家が周縁化していく階層の「落ちこぼれ」の自己意識である。それは、近代日本に特徴的な私小説の主人公のそれと似た構造を有している。

富岡の小説における主人公が、現代の資本主義社会から脱落して、制度に回収されない生き方を選ぶ社会の底辺に生きるはぐれものたちへの共感と、中産階級的な価値観と体制順応的な上昇志向への嫌悪感を自意識の核に持つのに対して、吉原幸子のはぐれもの＝異邦人意識は、男性的権力の暴力によって傷つけられる弱き生き物への共感と一体感が基盤となっている。権力構造を支える性規範からのはぐれものであると同時に、地上の権力を有する父を持たない地球を超えた存在、選ばれた者としての異邦人意識が中心を占めているのである。吉原の詩空間が、父もまたはぐれものである富岡の世界と異なって神話的であるのは、この絶対的な力を持つ「父なるもの」の存在に自己の起源を見出しているからである。

森林から都会へ　分身的他者への愛と葛藤

『幼年連禱』とほぼ同じ時期に書かれた『夏の墓』、続く『オンディーヌ』には、もう一人別の他者、性愛の対象である「性的他者」が現れる。その他者もペルソナと苦しみを共有する存在であり、限りなくペルソナと一体化した「分身的他者」である。ペルソナの声は、他者に向けられているときでも、同時に自分自身の深部へ向けられている。吉原の初期の詩は、幼児の森での叫びから分身的他者を求めるドラマの舞台へと転じ、「叫び」は「独白」（ドラマティック・モノローグ）から、他者へ向けられたそれへと変わっていく。

ここでも起源としての「苦しみ」と神に選ばれた者としての感覚は、身体的な「痛み」の回帰としてあらわれる。身体的な痛みは消えるが、苦しみは消えず、それは傷痕として残り続ける。傷痕はある時は深く埋もれ、またある時はその口を開いて血を流す。傷と痛みの反復である。そして傷痕は輝いている。傷痕が光る一瞬こそが啓示の瞬間なのである。しかしそれもまたすぐ消えてしまう。
痛みを召喚し続けなければ、苦しみを起源とする自己意識も生の実感を実在させることもできない。そのドラマは、性的他者へ向けられた愛と欲求の、自虐性と同時に加虐性をあらわにしている。自虐と加虐は表裏一体なのである。自分を溶かしても他者、世界と一体化したいという願望が、殺意、死を喚起する極端な願望として意識される。吉原のいう「純粋病」である。都会で繰り広げられる詩世界にも孤独が覆っている。

溶かしたくない
溶けたい
(…)
でも殺したい
溶けるために

ああ　血　ぴすとる　ないふ
わたしの持てないたくさんの兇器

ことに刃もの
のしろい光

つきたてたい　世界に　すべてに
つきたてることによって加はりたい
吸ひこまれたい　とどかないすべてに
つきたてることによって殺された

（「兇器」『昼顔』）

『オンディーヌ』『昼顔』、これらの詩集を通して吉原のもう一つの「秘密」が性愛の秘密であることが明らかにされていく。家族と社会の予定調和な居場所に属さない愛、生殖、妊娠、出産という、女性の性役割、性規範から外れる「純粋病」である。家族制度の軌道から外れることは、異性愛という家父長制家族の基盤である性愛の形から外れることを意味している。ジェンダーにもとづく社会の中で、法的な居場所や保護へと導かれない愛だからこそ、それは純粋な愛なのである。それを吉原は純粋病という病理だとアイロニックに言うが、純粋病とは、異邦人を異邦人たらしめるトラウマを持つ女性の徹底した自己愛なのである。

アヌイ劇の影響などもうけて、やや観念的にではあったが、私は或る種の「純粋病」の病因を、幼年と結びつけて解剖してみよう、と思ひたち、折にふれて小さなメモをとりはじめた。

（「自作の背景Ⅰ」）

幼児の叫びは非性的だが、娘としての自己意識には性差が前提となる。娘が母になる正統な道は、娘を娘として認定する父の存在である。吉原の詩には、神である産みの父も、家庭内に居場所を作って保護する父も姿をあらわさない。産みの父は不在であり、「正統な家族」に居場所を用意した父の背後には、女性の自由を抑圧する力の存在が見え隠れする。「父なるもの」は娘を規範的女性にする力の象徴であり、家庭内の父はその代行者である。吉原の書く幼児は、成長して「父の娘」になることを拒んだが、それは「母の娘」になることの拒絶でもある。

この父と母の系譜の拒絶が、吉原のペルソナの失語症、沈黙、秘密の根幹に存在する。叫びはその表出であり、詩人のアイデンティティである。叫び、失語症が隠しているものこそが吉原の表現なのだ。隠されているものはシンボルとしてしか表象されえない。幼児から娘になった吉原のペルソナは、劇的独白という表現形式を手にするが、暗闇を照らし続けた「赤い月」は光を発する傷痕として娘の存在証明であり続ける。

内側を赤く塗られた白い灰皿
そこに半分ぐらいたまってゐるのは
ない血だ
ジュッと　ないタバコの火を消す
（…）
傷のない愛などある筈はない　だが
愛はないのだから　傷もある筈がない
ない空にない風船をとばした罪
ない恋人を抱いた罪
半分が終った

さうして残る半分は
わたしがそこにゐないことを
証明するための時間だ
とどかなかったナイフは　ない
傷はないのだから　わたしは　ない

ない恋人を刺した罪　は
ない独房で罰せられ
看守の眼をぬすんでひろげた　ない紙に
赤インクで　痛い文字を書く
赤インクだけは　ふしぎと
いつも　ある

（「独房」『昼顔』）

虫、獣、そして植物、樹木と一体化したいのちの苦しみのトポロジーから都会へ表現の場が移動するに伴って、孤独の表象は「一本の木」から「独房」へと変わっていく。

不安と恐怖、不条理の怒りに応えるものは、ここにも誰もいない。野生の感性を持つ異邦人の娘が、弱いいのちを踏みつけて生きる人間の世界＝都会で自己存在の感覚を取り戻すためには、痛みを共有する分身的他者を必要とする。他者との傷つけ合い、血を流し合う被害－加害関係の反復が必要なのである。都会は、森の中で一本の木として立ち尽くす孤独から、「独房」に閉じ込められた存在感を失った孤独へペルソナを追い込んでいく。制度的に居場所を持たない他者との「緊密な関係」を、吉原は「純粋愛」と呼ぶが、それは一方では自分が与えた苦しみへの罪と罰、他方では、自分と痛みを共有し、その絶え間ない反復の共犯者となる他者への愛として表現される。

「根源悪」と戦争

吉原は、東京大学（戦後になって初めて女性は旧帝国大学に入学できた）という、いわば戦後日本の復興の表舞台に立つエリート女性として都会の中心に位置しながら、そこが自分の居場所だと感じられない自己意識を鮮明にする。また、その後、一時期、劇団四季に所属し、女優として活躍するが、演劇という表現舞台は、自己と演じる役柄という二重の自己表現が可能な場である。主人公と役者、作者と主人公、その二重性と相互矛盾は『オンディーヌ』に最も鮮明に現れている。

「オンディーヌ」は、失語症となった異界の娘が愛情を秘めたまま、その記憶ごと泡となって消えてしまう惨事の物語である。「純粋愛」は、それが沈黙させられることを選ぶ行為を示している。それは吉原個人の被害を超えて、吉原の幼児期に経験した戦争の記憶の隠蔽という第三の秘密を指し示す。自らのいのちの起源が、暴力と抑圧を生き残った「母の世代」の苦しみの記憶を沈黙させたところに成り立っているという認識は、戦争の被害による悲劇を忘れた大都会で、詩人の異邦人の意識を鮮明化させていく。それが、吉原の第三の秘密の実態である。

一九三〇年代生まれの「娘」の苦しみは、二十世紀の惨事、ナチスによる絶滅収容所における虐殺やヒロシマ・ナガサキの原爆、空襲による無差別大量殺人といった、人間の尊厳を奪う惨事を生き残った人々の沈黙、記憶の隠蔽を継承することからくる苦しみである。それは観念的、抽象的苦しみではない。叫びの場としての森林、いのちへの脅しに満ちた都会は、共に殺戮の場であることで重なり合い、森と都会は同じトポロジーを共有している。

「ナメクジのように」水に流されて消えてしまういのちと身体の消滅への恐怖感覚は、

自分を存在たらしめたものが苦しみであり、母を沈黙に陥れ、自己存在の出自を秘密にした暴力への抵抗でもある。吉原のペルソナは、暴力を生き残ったものの苦しみの記憶を選ばれた者として継承していく宿命を自己意識の根底に持っている。その意味で吉原の詩は、二十世紀の「娘」の詩的空間であり、被害者たちの沈黙の記憶を召喚する。

文化的トラウマ　惨事の生存者の記憶の沈黙

吉原の第三の秘密は、文化的トラウマとしての傷を生み出し続ける。その傷は、刃物などの凶器による傷の鮮烈な痛みとして、消滅＝死を暗示し続ける根源悪の存在を確かな皮膚感覚として感知させる。その第三の秘密は、原初的な傷を負った者という自己意識の身体的表象＝確認であり、理由なく無差別に殺戮されるいのちの歴史的反復の恐怖を顕現させる。被害者であると同時に加害者でもある自己意識は、原爆の被爆者、強制収容所の生存者が、惨事のあと語ることがなかった沈黙の孤独と同じ位相に位置している。その沈黙は個人的な傷を超えて、文化の傷の沈黙を意味する。数千万の死者と虐待の被害者、その生存者に関わる世界の人々の共有する傷である。

自己の存在の確認は、個人的トラウマがつねに文化的トラウマと不可分につながっていることを認識することであり、弱い、無防備ないのちへの加害とその痛みを召喚し続けることによって可能となる。弱いいのちの痛みの記憶の召喚とは、吉原にとって自らが加害者となることを通して可能なのである。

たたきつぶす
小さな虫を
大きすぎる力で
すると　小さな血のしみになる
(…)
突然
おそろしい考へが　わたしをよぎる
この虫の　この虫自身の血が
このやうに赤いのではなかったか

(「血」『幼年連禱』)

このように痛みの記憶、秘密の召喚は、自分へ向かっての自虐的な傷つけでもあり、その痛みの露出を、同じ血を滴らせる他者においてなされることを欲望する。傷を共有する他者、共犯者としての性的他者は、『夏の墓』『オンディーヌ』『昼顔』において、『幼年連禱』の「分身としての他者」と分岐していくが、その他者が吉原のいう「純粋病」の対象であることは同じである。

吉原の詩世界に隠された、第三の秘密の起源は「根源悪」である。根源悪は、先に述べたアメリカの哲学者リチャード・J・バーンスタインのハンナ・アレントのナチス分析の考察(『根源悪の系譜　カントからアーレントまで』)に依拠している。アレントは『悪の凡庸性』において、アイヒマンを絶対的悪=根源悪の盲目的、従順な実践者と評している。根源悪の認識は、戦後世代のトラウマ、「理不尽な」苦しみの起源に親世代の被害の苦しみと沈黙が存在することに対する認識でもある。戦争と虐殺を経験した親の世代の苦しみとその語られぬ記憶は、心の痕跡となっている戦後世代の文化的トラウマである。それは、歴史的虐殺の記憶を抹消しようとする文化的秘密であり、人間と生き物のいのちに向けられた暴力、その歴史的痕跡を消去し、当事者の記憶も抹殺しようとする悪の認識でもある。日本の戦後世代も例外ではなく、中でも女性が引き継いだ文化的トラウマは、戦後の女性による表現の根幹を成していると言えるだろう。

吉原の苦しみの起源には、子供の時期に垣間見た戦争の風景がある。疎開、それによる疎外感、空襲による破壊、傷痍兵、孤児、引揚者、闇市、占領軍、物乞いの姿。これらは子供時代に見た風景ではあるが、苦しみの直接体験では必ずしもない。子供として体験するのは、被害当事者の心の傷、尊厳を踏みにじられた心の風景である。それが被害当事者によって語られることはないが、その沈黙の傷痕は皮膚に残り、いつでも不意に沈黙の記憶を呼び起こす。それが一九三〇年代生まれの作家たちに共通する惨事の刻印であり、文化的記憶の内面化である。日本文学では、大庭みな子、高橋たか子、河野多恵子、津島佑子、詩人では、石垣りん、茨木のり子、白石かずこ、高良留美子、吉原幸子といった女性作家たちが、こうした惨事を内面化し、その文化的刻印を無意識の原点としている。

人が死ぬのに
空は　あんなに美しくてもよかったのだらうか

燃えてゐた　雲までが　炎あげて
あんな大きな夕焼け　みたことはなかった

穴から匍ひだすと
耳もとを　斜めにうなった　夜の破片
のしかかり　八枚のガラス戸いっぱい

(…)
戦ひは
あんなに美しくてもよかったのだらうか

(「空襲」『幼年連禱』)

この場にいるのは母と娘だ。詩人の記憶の中の風景に基づいているのだろうが、母と幼い娘は空襲の直接的な被害から距離を保っている。燃える炎を痛く、かつ美しいと感じる自虐、加虐的な感情、恐怖と不安、外部と自分の距離を複雑な情感として表現している。吉原は「純粋病」について語る中で、悪魔もまた純粋性の権化であるという。激しく燃え盛る炎の「美しさ」は、悪魔の絶対性という純粋性の美であるだろう。
もちろん吉原自身、戦争の被害を目の当たりにもしている。兄二人は戦地へ駆り出され、自宅は消失し、田舎への疎開を経験している。しかし、そうした具体的な体験と同様に、空襲の無差別殺戮を目の当たりにすることによる心理的な傷は大きかったはずだ。その無差別な、不条理な暴力への恐怖と不安が「失語症」として埋め込まれている。一晩で十万人もの死者を出した東京大空襲は、遠くから見た無差別殺戮の風景として幼い子の記憶に刻印された。テクノロジーの進展によって陸上での人対人との実戦から、空からの攻撃に変わる中で、ますますその無差別性と被害の甚大さ、身体的損傷の恐怖を人々に植えつけた。しかし、殺戮者の背後にいる悪の存在は見えない。

一九五〇年代は、ソール・ベローやバーナード・マラマッドをはじめユダヤ系アメリカ人作家が生き残りの苦悩を二十世紀後半の世界文学の課題として作品を生み出した。戦後アメリカ文学の新たな潮流として、世界文学にも大きな影響をもたらしたユダヤ系アメリカ人作家の文学は、虐待を受動的に耐えてきたユダヤ文化の「女性性」を表すとも評価され、ジェンダー的な視点からの指摘がされている。しかし、ユダヤ系アメリカ人作家たちの抵抗の苦難に満ちた物語は、自らの受難を笑うユーモアに満ちている点で、シルヴィア・プラスやアン・セックストンに通じるところがあり、徹底的に内面に向かう視点が女性の受難の自意識と共通する。

シルヴィア・プラスは、ポーランド系アメリカ人だが、その生い立ちの過程で、多くのナチスからの逃亡者、中でも収容所を生き残ったユダヤ系の人々と接し、その苦しみを見ていた。父親はプラスの少女時代に亡くなって、母に育てられるが、不在の父はプラスの女性としての苦しみの起源として感知され、その父はユダヤ人を虐殺したナチスや広島へ原爆を投下した国家権力と同一化されている。

多くのナチス加害者が刑罰を逃れて生き残ったが、虐殺された者が語らないことはもとより、生き残った者もその苦しみを語らないままに「生き残りの生」を生きた。それは沈黙した記憶という心の傷を生き続けることである。生き残りたちのトラウマは、次世代が引き継ぐ文化的記憶となったのである。

機関車　機関車
ユダヤ人のようにわたしを追いたてる

ダチャウへ　アウシュヴィッツへ　ベルゼンへ
わたし　ユダヤ人みたいに話しはじめた
わたし　ユダヤ人なのかも知れないわ
（…）
神ではなくてスウァスティカ
あんまり真黒で空ですら入り込めない
女は誰でもファシストを敬愛する
長靴で顔をけられるのを
獣、あなたのような獣の心を。

（水田宗子訳「お父ちゃん」『鏡の中の錯乱――シルヴィア・プラス詩選』静地社、一九八一）

プラスの自己意識の根底に父の不在があり、父の「長靴」は、娘を守る環境と見せかけて、恐怖と自己破滅へと駆り立てる根源悪の靴として表象される。プラスは靴に閉じ込められる恐怖は、ユダヤ人が絶滅収容所へと運ばれていく貨物列車の中で感じる恐怖と同じであると言い、自分もユダヤ人だという。父、夫、男性教師、ナチスという実在性を持って、娘のマゾヒスティックな自己意識を知らしめる根源悪の認識は、絶滅収容所の生き残りを幼いときに目撃した間接的被害者であるプラスが、文化的記憶の継承者であり、被害者意識を心に刻印していることの自覚なのである。

この「お父ちゃん」という作品では、長靴は、ダチャウへ、ベルゼンへ、アウシュヴィッツへユダヤ人を運んだ列車と同じ、娘を窒息させる権力者の移動手段として語られる。ダチャウへの貨物列車の刻む車輪の音、身体に響くリズムは、救う者も訴える者も不在の苦しみが死に通じる道であることを暗示している。娘の苦しみは、死への恐怖と願望、権力者＝「父なるもの」の被害者としての弱者＝娘の悲鳴として詩的空間に言語化される。自分はユダヤ人であり、ヒロシマの犠牲者だというプラスの娘のペルソナは、世界の苦しみを代表し、その隠蔽された記憶を、一身に引き受ける存在である。

プラスは、生の不安と苦しみを「生き残る」ために言葉を求め、苦しみの起源を父なるものに求めた。「父の娘」とは、権力による暴力の犠牲者という象徴的存在であり、すべての女は娘であり、幼女であり、その居場所は父の長靴に幽閉される。そこは、閉ざされた、踏みつけにされる場所であり、そこから抜け出すためには、自殺するか、自分を抑圧する権力者にゆだねるか、というマゾヒスティックな選択を迫られる。

女性は権力者が好きだ、とシルヴィア・プラスは自虐的な女性の心性を自嘲的に揶揄する。「アプリカント」という作品では、どこかに障害を持つものだけが入れるクラブで、入会を申し込んできた女性たちに、入会資格である「障害」「傷」を聞き出す魔女のようなペルソナがドラマティック・モノローグを展開する。皮肉で辛辣な、悪意に満ちた審査人の許可を得なければ「はぐれもの」クラブの一員にはなれない。被害届のように、自らの「障害」を、傷をさらさなければ、このクラブには入れないのだ。しかし彼女たちの障害、傷は、身体的なものから精神的なものへ、次第に抽象性を増し、その傷が文化的な受難のトラウマであることを示していく。このクラブに入ることは、女性、そして暴力の被害者共通のトラウマを確認することなのだ。

人類が予期しなかったヒロシマ・ナガサキの原爆による大量虐殺も、ナチスによる絶滅収容所も、その残虐性の根拠の不確かさにおいて同根である。そのどれもが不条理な暴力であり、強制的に人間の弱さを露見させる悪の究極の行為であることに変わりない。そこには人間としての自由な選択の余地も自然な感情の表出も、自己と世界の倫理的関係に必要な思考も強制的に奪われ、破壊されて、思考停止、感情麻痺、「失語症」、生きる屍へと至る。

暴力は受身で、無防備な存在をまずターゲットにする。生き残った者の沈黙はその選択を正当化する。娘は母＝女性に対する父の暴力、その沈黙させられた被害者の記憶を内面化して継承する自虐的な弱者である。

ちゃんとみえるんだ　こどもにだって
ちゃんときこえるし　感じてゐるんだ
（「呪ひ」『幼年連禱』）

吉原はプラスの文化的苦しみの記憶を共有している。プラスは吉原と同時代の詩人であり、吉原もプラスの詩を日本語訳し、深い影響を受けている。吉原の苦しみの起源には、子供の時期に見た空襲による大量殺戮と破壊の間接的体験があるが、その意味で、吉原の傷は具体的な身体的暴力によってできたわけではない。惨事の経験はつねに不在の記憶の再現の試みである。サルトルの言う自動車の後席から走り去っていったものを眺めるのに等しいのだ。実体験にない記憶を呼び戻すとは、無意識による記憶の創出であるかもしれない。それがトラウマとしての記憶の本質だろう。母の沈黙によって育てられ、「女」になった娘は「惨事の後」の実存、沈黙を生きていくのだが、それが「秘密」という詩的表現の原点なのである。それが一九三〇年代生まれの世界の作家たちに共通する惨事の刻印であり、文化的記憶の内面化である。

吉原と同時代の作家、大庭みな子の『浦島草』は、広島の惨事の生き残りの女性と彼女を広島から救い出し、女性との間に障がいのある子をもうけた恋人、戦地から復員してきた夫と森の家に立てこもっての生活を物語の舞台としている。当事者によって語られない惨事の経験は、主人公の体内で被爆し、言葉を持たない障害児の存在、隠されたものを召喚し続ける。この小説では、アメリカから帰った、主人公の若い姪が原爆と戦争の被害者の苦しみの記憶を引き継ぐ語り手である。また、マルグリット・デュラスの「ヒロシマ・モナムール」は、広島にいなかった者、ユダヤ人虐殺を見なかった者による惨事の生き残りの苦しみと沈黙を描いている。

被害者の隠蔽された苦しみの記憶と現実を生きる娘の実存という、自己認識の二重性は、吉原が希求する「秘密」＝「隠されたもの」が生み出す苦しみからの脱却の受動性を示している。精神分析では、こうした自虐的な脱出思考はメランコリーやマゾヒズムと診断されてきたが、そこでもアン・セックストンやプラスとの類似性が見られる。根源悪の表象が父であるとき、娘の抵抗は、医学的には病理とみなされる自虐的志向と診断され、詩作は治療法の一つとしか考えられておらず、戦争被害者の文化的トラウマの継承、そのジェンダー構造は批評の課題とみなされてこなかった。それは父というメタフォアで顕在化する、根源悪による傷痕が与え続ける苦しみとそこからの脱出がジェンダーを内面化した表現であることを示唆している。

こうした一九三〇年代生まれの女性作家・詩人たちの、親の世代の虐殺の生き残りを生きる苦しみの記憶の継承は、これまで批評の対象に取り上げられることが少なかった。空襲とその恐怖を幼児期に目撃した世代の心と精神の形成は戦後の文学の理解に欠かせない視点でありながら、それは批評から「隠され」続けてきた。暴力を生き残った親世代は経験を語らず、その記憶を深層に埋めて生き、娘世代は親世代の沈黙を「秘密」として、幼児期の記憶に心傷の刻印を負ったのである。娘世代は、いわばポスト・メモリーとしての親世代の苦しみの継承、遺棄された「母の記憶」の帰還を表現の根源としていくのだが、それはいわば、原因不明の「病理」として、「痛々しい」自虐的自己表出として理解されることが多かった。

しかし母の秘密＝沈黙に対峙することは、女性にとって、娘から女性に成長するだけではなく、近代からの脱却でもある。そのために、現代の女性表現は「母と娘の物語」

の脱構築を必要とした。それが女性の戦後表現の中核を成している思想である。そしてその母と娘の物語が、国家的自我と詩人の回復を目指す父と息子の物語以上に、暴力の被害者の精神の傷、生き残りの苦しみを、暴力の記憶が生む実存の危機からの脱却の道を明確化する。戦後女性詩は生き残りの沈黙からの脱出の希求を、その衝動としている。

にしき木の枝のかみそり
ゆれる　ゆれる
鬼がくる

空いろと黄いろのビーズのうでわが
糸のまはりで　みしりと折れる
鬼がくる　鬼がくる
(…)
それから　鬼は　行ってしまふ
見つからなかったこどもも　家へ帰る

(「かくれんぼ」『幼年連禱』)

鬼は根源悪であり、その姿はほとんど見えないが、つねに存在している。「空襲」や「かくれんぼ」は寓話的な表現である。吉原は小さきいのちへの責任を感じたときからこうした童話の視点からの作品が多くなっていく。

鬼がくる恐ろしさをまわりの木々の揺れや、腕にはめたビーズが切れるという、身体的な予感として感じる。その恐ろしさは、理屈で解消できないまま記憶に刻みつけられる。母が救いに来てくれる。「どこかで　母のよびこえがする」と帰り道、鬼に見つからないで生き残った実感を母の存在で確かめる。実生活で救いにきてくれるのは母であり、父ではない。

母と　わたしと　幼い二人と
うどんをたべてた　遠い秋

うすい煙よ　消えないでおくれ
いつまでも　あのときの　ぬれ椽に

背なかまるめて日向ぼっこしてておくれ
なつかしい人のかげ

いつまでも
わたしが　幻の桑畑を
帰ってゆくたび

（「疎開の秋」『幼年連禱』）

母と一緒に暮らした疎開時は「非常時」である。疎開の記憶は、母と縁側で日向ぼっこした幻の田舎での暮らしの風景でもある。しかしその安らぎに満ちたのどかな風景は、煙が消えるように薄れていく。それが母と一体感を味わった記憶の中の風景であり、かくれんぼという遊びが現実化した悪夢の世界でもあり、大人に対する呪いの認識でもある。空襲は対岸の炎であり、それは恐ろしく、美しいいのちの燃え尽きる風景でもある。空襲の恐ろしさが、母の不在をつよく感じさせる。

神は　たしかに　ゐなかった

太陽は　強情に　のぼりつづけ
わたしは　強情に　愛しつづけた

けれども　神は　ゐるのだった　或る日
わたしが　わたしを　のぞきこんでみると

いつの頃からか　わたしが魚だった頃からか
わたしのたましひに　深い傷口があって
音もなく　色もなく　たえ間なくそれは涕き
流れでる血が　神に似てゐた

（「冒瀆」『夏の墓』）

神は傷として感知されている。ここでは神は痛みの根源悪であるが、その不在が根源悪の支配を可能にしたのであり、したがって、吉原の世界では、神は不在であり、存在するのだ。神と悪は一体である。吉原の世界においても、根源悪の正体は曖昧である。

ユダヤ教の世界では、苦しみの根源は見えない神の意志であり、神の存在そのものでもある。神はいないのではなく見えないのであり、その掟の意味を明らかにされないまま試されることで試練を乗り越える者、苦しみを受容する者としての自己意識を持つ。神は告白によっても、また終わりのない試練に耐えても応えてくれる存在ではなく、不条理なまま遍在し続ける。吉原幸子のペルソナは、死と消滅の恐怖を無意識の内面に喚起され、非力な虫を踏み潰す行為が自分へ向けられたものであることを感じている。こうして内面化された暴力は、自己だけではなく、他者へも、あらゆるいのちへ、外部世界全体へも向けられたものであることを感知しているのである。

吉原の根源悪の感知は、母の苦しみの記憶の継承に加えて、女性の性愛の苦難とその秘匿、さらに虐殺の文化的トラウマへとつながっている。吉原の表現は、その世界からの脱却、「宇宙的な」実存感覚への希求を孕んでいる。生きることは生き延びる、生き続けるという惨事のサバイバルなのである。「地球外妊娠」という自己規定は、異性愛という性規範から外れ、隠されてきた性愛に対する抑圧、虐待という文化的記憶を継承する自己意識である。

吉原の詩や、シルヴィア・プラスやアン・セックストンの詩が、受難者の痛みとして感じられてきたのも、同時にその徹底した受難の姿勢を、ジャンヌ・ダルクの殉教者のイメージと重ね合わされて受け取られてきたことも、個人の体験と文化的記憶の刻印が複層的に重ね合わされて、受身な受難者と、自己を犠牲にする殉教者の姿勢、その自己意識が共存しているからである。暴力の生き残り者たちの沈黙した苦悩の記憶が、もう一つの「秘密」として、受難者の苦しみを引き受ける殉教者という自己意識を形成している。選ばれた者は、他者の苦しみを引き受けて生き抜き、孤独な殉教者として死んでいく。一見相反する受難者と殉教者が共存する自己意識は、同じ受難の傷と苦しみの内面世界の表象であることがわかる。自らの内面世界が、世界そのものと一体化するところに吉原の詩空間が成り立っている。

第二章　分身的他者の二極化と統合

初期から中期へ

前章まで吉原幸子の初期の詩的世界を支えるものが「秘密」であり、それが生み出す幼年の声＝叫びが詩人の核をなす詩的表現であることを論じてきた。吉原の異邦人意識は、閉ざされた自己の感情世界に同じ暴力の被害者である弱き他者を分身として引き入れることで世界と自己との亀裂を埋めようとする。それを詩人は「純粋病」と呼ぶ。他者との一体化への希求が吉原の表現を叫びから独白へと変容させる。

この章では、その変容の過程を『夏の墓』『オンディーヌ』『昼顔』三冊の詩集群に収められた詩篇を通してさらに詳しく考えたい。

『夏の墓』には、『幼年連禱』とほぼ同じ時期に書かれた作品が収録されている。『幼年連禱』が刊行されたのが一九六四年五月、『夏の墓』が同年十二月である。『夏の墓』では幼年の声を離れるが、「叫び」と「失語症」で表される「秘密」のテーマは具体的に引き継がれ、自己と他者、世界の関係の葛藤が緊張感を持ったテーマとして鮮烈に浮き上がる。『オンディーヌ』の刊行は一九七二年十二月、『昼顔』の刊行は七三年四月、近い時期に刊行された『オンディーヌ』『昼顔』は、「秘密」と「失語症」の表現を考える上で重要な詩集である。

『夏の墓』では、『幼年連禱』で沈黙として示された存在感覚をもたらすものが「痛み」と「苦しみ」であることがすべての詩篇の表現空間を占めている。異なるのは「J」に連作に見られる分身的他者への呼びかけから他者へ向けての「独白」に変わることである。叫びと失語症、孤独のテーマは引き継がれていくが、新たな「独白」という表現が定着していく。対象の不確かな「叫び」から、特定の他者と不特定の観客へ向けてのドラマティック・モノローグへの移行である。

吉原のドラマティック・モノローグは最も鮮烈な叫びの一形態であり、それは、自分に向けてであると同時に他者へ向けられるものである。さらに演劇の舞台という場を通して、他者と自己の境が明確でない関係にあることを明らかにする。『夏の墓』『オンディーヌ』『昼顔』では、他者へ向けての愛は、他者との一体化を欲求する自虐／加虐的な苦しみに満ちた存在意識の表現である点で、弱きいのちへ向けられる分身的他者の痛みとは対極に位置している。

同じ愛の対象であっても、性的な他者は分身的他者への愛とは異なる意識として叫びの根源に存在する。分身的他者へ向けられる、苦しみを与えた者としての加害の痛みと苦しみは、のちに『樹たち・猫たち・こどもたち』で虐げられた小さきいのちの総体としての新たな他者意識となり、以後、吉原の詩的言語の核をなしていく。

無防備ないのちへの眼差しは、地球外妊娠で生まれた娘であり、はぐれものであると同時に選ばれたものであるという自己意識の分裂を解消していく。吉原の分身的他者に対する罪と罰の意識が薄らぐ一方で、罰とは生き残ること、生き続けることであり、他者の苦しみを引き受けることの孤独として認識されていく。吉原の後期の作品へと引き継がれるのは、性的他者への「純粋病」の愛ではなく、分身的他者との一体化による憐れみである。

「秘密」と露出

作家や詩人が文学へ至るまでの過程にはつねに沈黙によって内面に押し込められた、自己表現の起源としての秘密が存在する。出生と性愛の秘密とは、社会制度や共同体的な紐帯からの疎外を隠蔽する仕組みが生み出す秘密である。正当な出自を持たない者は養子縁組によって居場所を与えられたが、出生や性愛の秘密が文学への道であるのは法的に排除されているからだけではない。日本における出自の「隠し方」は、ホモソーシャルな共同体の枠組みに正当な位置を与えるためであった。自己を正当化するためには出自が隠されたままでなければならないという、卑屈な自己意識を形成する。社会や家族によって隠される過程が自己意識に傷を負わせる。文学者がはぐれものとなるのは、明治時代の近代化による功利主義が作家を無用ものとみなしていくからで、反政治、反権力としての近代文学の原点となっている。

志賀直哉や川端康成、高見順など日本の近代文学の担い手の多くは出生の秘密を抱えているが、その秘密は、作家の自己表現の糧として初めから明かされている。それに比べて性愛の秘密は、語られることなくしまいこまれてきた。夏目漱石は養子に出され、複雑な家族関係に苦悩する心の秘密を抱えていたことが明らかにされている。『こころ』には主人公のKという友人に対するホモセクシュアルな感情が秘密として隠されていると読む批評がある。『こころ』は、男性社会のホモソーシャルな世界を生き抜くための愛の競争の物語であるが、先生の「秘密」にはそのホモソーシャルな社会から禁止されているホモセクシュアルな性愛への欲望が秘密の核をなしているために、先生の裏切りが愛の裏切りとして重さを持っているという読みである。アメリカの日本文学者キース・ヴィンセントは、性愛の秘密は多様なセクシュアリティがホモソーシャルな共同性へと単一化されていく過程に形成され、存在し続けることを夏目漱石の『こころ』を例に挙げながら考察している。

『それから』『門』『行人』も含め、まるで世捨て人のように社会的付き合いを避けて、閉ざされた内面を持ち続ける主人公の、内面的秘密を描く夏目漱石の小説の世界において主人公が隠そうとするのは、ホモソーシャルな社会の掟の中核に秘密として隠されている性愛のタブーなのである。性愛のタブーが秘密の根幹にあり、明治近代の終焉が「先生」の「K」との秘密の愛と裏切り、その隠蔽の破綻、先生の殉死に象徴されている。

性愛に関しては、男女ともに異性愛の枠組みをはずれる者は、社会に居場所を持つことが禁止され、仮面をかぶるかクローゼットの中に隠れなければならない時代が長く続いた。性愛の秘密は秘密のまま作品を読むことを読者は要請される。秘密は自己証明であり、同時に、自己存在の根幹を担うものでもあった。秘密が表現の原動力としての力を発揮するのは、罪と罰との関係が絶対的なものである限りにおいてであり、悪を生む権力の具体像が曖昧になり、従って、根源悪が曖昧さを増していく過程で秘密の効力は弱まっていく。

受難者から殉教者へ

もう一度分身的他者への呼びかけを確認しておこう。

おまへが　だんだん　わたしに似てくるのを
身も世もあらず
わたしはみつめる

（「おまへが　だんだん……」『幼年連禱』）

「おまえ」は生まれたばかりの赤ん坊だが、次第に自分に似た他者としてあらわれる。

生きる苦しみを与えた自分の分身である他者に向かっての語りかけは、すでに叫びではなく「独白」であり、初期の吉原の詩的言語の変容を特徴づけている。母の罪と罰の意識は、受難者の「痛いいのち」を与えながら、その痛い生を生き残れといとおしむ。それは根源悪の受難者から他者の苦しみを引き受ける殉教者への転身であり、吉原の思想の「痛み」と「苦しみ」の位相、トポグラフィの転倒である。それが自己の内面、受難者としてのめり込む純粋病の愛からの脱却を可能にしている。

大きくなって
小さかったことのいみを知ったとき
わたしは〝えうねん〟を
ふたたび　もった
こんどこそ　ほんたうに
はじめて　もった

誰でも　いちど　小さいのだった

わたしも　いちど　小さいのだった

（「喪失ではなく」『幼年連禱』）

詩人は、子を通して自らが「小さきもの」であることを認識していく。そのとき森林の中で叫ぶ野生の幼児は消え、詩人の内なる獣も消えていくように見える。

何かが　うまれて
おまへの狼は　死んだ
（…）
生きる痛さに　つぶれて
ゆるしたとき
うなづいたとき
うけとったとき
おまへは　おまへでなくなった

失はせたのは　わたし

失ったのも　わたし

ああ
吠えてゐたおまへ
走ってゐたおまへ
あんなにも自由だった　狼は死んだ

（「挽歌」『昼の墓』）

ここで詩人が呼びかけている「おまえ」も「わたし」も自分自身である。出産を通して子と引き換えに詩人は野性を失い、叫びを内向させている。閉じ込められた叫びは発露の対象としての新たな他者を求める。そこには分身の小さきいのちと共犯者としての他者の二極分化が明白になっている。ただ、両者とも究極的には自己証明のための分身としての他者ではあることに変わりない。

この二極分化は『夏の墓』『オンディーヌ』で鮮明にあぶり出される。オンディーヌの愛は、その純粋性ゆえに人間社会のジェンダー規範を逸脱し、過剰な「愛」によって男を誘惑し、破滅へ引きずり込もうとする悪の化身として人間社会から追い出される。

根源悪の引き起こす理由のない苦しみへの対応としての愛は、純粋愛でなければならない。自虐と加虐が一体化する純粋病の愛は、消滅への道行きに他者を道連れにする。壊れやすい愛の存在証明は、裏切りによってつねに危機にさらされながら根源悪に対抗することだ。裏切りは純粋病の愛にとって必要不可欠な触媒である。

愛の対象が、自分よりさらに無防備な他者であると認識するとき、その苦しみの起源としての自己に対する懺悔は、その苦しみを背負って消滅を覚悟する殉教者の意識へと変容していく。それは悲劇であるが、異邦人であり、かつ選ばれた者の行き着いた自己意識である。分身的他者と性愛の対象である他者、そのどちらへも詩人は純粋病の愛を注ぐが、どちらもナルシスティックな自己愛と不可分である。純粋病の愛の旅は、道行きに同行することを拒否する他者の裏切りによって中断される。裏切りこそ傷の深さを鮮やかに現前化する。

『夏の墓』

『夏の墓』に収められた詩、たとえば「食欲」「破棄」「冒瀆」などは、根源悪が引き起こす理由のない苦しみへの対応としての純粋病の愛の苦しみを表現している。それは同質的他者と一体化しようとする自己愛の延長である。純粋病の愛が裏切りによってつねに危機にさらされる。純粋病の愛の共犯者を求める自虐／加虐的な叫びは『夏の墓』に収められた作品を成り立たせている核である。

華やかに　裏切りの凶器をふりまはし
しとやかな顔で　喪に服す

じぶんのそとで
じぶんのなかで
殺したものが　何なのか
知りもしないで

（「呪《じゅ》」『夏の墓』）

『夏の墓』では、裏切り者は他者だけではなく、自分自身でもある。「裏切り」という傷つけの行為によって、「他者」と「自己」は互いを認め合い、また一体化する。

I

裏切りをください
もっともっと
傷をください
鞭をください

（…）

（傷つくことでしか確かめられないひとと）
（傷つけることでしか確かめられないひとと）
ゆるされすぎてくるしいのなら
もっとゆるすから
もっとくるしむといい

（…）

争ひをつづけるため
永遠の奪ひ合ひに勝ちのこるために
裏切りをください

わたしが　決して
あきらめないために

II

（…）
裏切るもの　愛によって
裏切ることを裏切るもの

III

（…）
そして　傷ついた獣のやうに
じぶんもうなりながら
いちばんしみる　熱い唾液で
わたしは　あなたの怒りの傷口を
なめてもいい

（「鞭」『オンディーヌ』）

痛みと怒りは表裏一体である。他者は分身であり、痛みによる自己感知の反復のための共犯者である。自虐的な痛みの極致は自滅である。

殺してゐたのは　わたし
殺されてゐたのは　わたし
わたしを殺すとき
あなたは泣く
あなたが泣くので　わたしはわらふ
あなたを殺すとき
あなたはわらふ
あなたがわらふので　わたしは殺す

（「夢」『夏の墓』）

性愛の他者は「純粋病」の対象でありながら、その愛を裏切るものとして存在し、ペルソナの傷をさらにむき出しにする。裏切り続けることで「純粋病」の共犯者となる他者を求める吉原の他者への希求は、傷つけ合いの間断ない反復を求める。暴力の被害者としての自己証明劇を牽引する役割を担っているのだ。凶器と狂気、絶対的暴力に満ちた外部への敵意と殺意が性愛的他者を通して自分の内面に還ってくる。それが自己意識の原初的な姿として意識されているのが『夏の墓』『オンディーヌ』『昼顔』の世界である。

舞台という架空空間

吉原は、一九五六年に「劇団四季」に入団し、短い期間だが所属していた経歴を持つ。吉原にとっての演劇は、サルトルやアヌイなどのナチス抵抗運動を経たフランス知識人の実存主義文学の影響を受けている。「オンディーヌ」は、吉原に「純粋病」を意識させた重要な作品である。

演劇には身体があり、声がある。表情も身振りもある。それは演じる者がその身体を通して他者になりきることであり、また作者を自分に取り込むことでもある。この場合の他者は、原作、脚本を超え、時と場所を超えた神話の中の見知らぬ存在である。他者と自分、虚実が重なり合い、その境の見えない表現空間を作り出す。

主人公オンディーヌは水界に住む精で、人間の男性との恋は禁じられており、裏切りにあえば水の泡となることが運命づけられている。すでに婚約者がいた騎士ハンスはオンディーヌと恋に落ち、結婚の約束をするが、元婚約者の策略によって騎士はオンディーヌを裏切る。騎士はのちに彼女の変わらぬ愛に気づくが、オンディーヌはすべての記憶を失い、水の泡になってしまう。この物語は、人魚姫物語の原型であると言われている。

この物語はまた、日本の説話に見られる異類婚譚を想起させる。人間社会のジェンダー、階級による価値観に支配された騎士の裏切りは、騎士＝男性の住む世界が異類＝異邦人の存在を無視してしまうことの暗喩であり、象徴である。オンディーヌの心の苦しみは、失語症の叫びとして、自己消滅へ向かう受難者の訴えとなっている。人間は心変わりをするが、オンディーヌの愛は純粋であり続ける。人の心を巧みな言葉で揺るがすのも人間だ。言葉を持たないオンディーヌの愛を信じることができず、唆されて心変わりをする騎士は、性規範による男性中心的な人間社会を象徴する存在である。ここには、人間社会と水界、男性と女性、ロゴスとパトスの対比が明白である。

人魚は、人間の男性との愛のために声を失う。彼女の人間社会での存在は本質的に失語症である。しかしそこには訴えかけの具体的な対象が見えている。オンディーヌを通して吉原もまた、その苦しみを露出する他者＝観客を獲得している。異性愛の裏切りの被害者としてついにオンディーヌは記憶を消失する。記憶喪失は、最も恐ろしい自己消滅の姿である。その運命はいわば彼女が自ら選んだものであり、異性愛が自虐的な自滅を導く道であることを示している。記憶喪失こそ自己の非存在化でありながら、生き延びる唯一の方法なのだ。それは、異類の女のホモソーシャルな社会での異性愛成就の本質的不可能性と同時に、それを欲する者への罰の重さが自滅であることを表している。

水
わたしのなかにいつも流れるつめたいあなた

純粋とはこの世でひとつの病気です
愛を併発してそれは重くなる
だから
あなたはもうひとりのあなたを
病気のオンディーヌをさがせばよかった

（「オンディーヌ」『オンディーヌ』）

詩「オンディーヌ」は彼女とハンスの交差しない語りかけ、独白で成り立っている。ドラマティック・モノローグの端的な姿である。彼らは自分に向かって語っている。吉原は、この相手と交わらない自分自身へ向けた語り、観客＝他者への訴えを通して、自己表現の形を定着させている。それが舞台という架空空間における表現である。人間男性の裏切りという不条理な暴力を受けた者の痛みと苦しみの証明の方法と場を持ったのである。

演劇における役者と登場人物は共犯関係であるに違いない。「あなた」はもう一人の「わたし」なのだ。主人公の純粋愛を貫く苦しみを極限まで表現することは、自虐的行為であり、加虐的行為でもある。そこに顕現している他者は、『幼年連禱』における「Jに」詩群の分身的他者とは異なる、裏切りによる自滅への共犯者という他者である。その他者も、「オンディーヌ」による「あなた」への呼びかけでありながら、ドラマティック・モノローグ、独白であり、分身である。他者を「借りた」自己表現のすべを知った詩人は、告白と演技、自己の言葉と他者、自伝的語りと神話＝古典作品、舞台の上の他者と現実の他者、存在と非存在の曖昧な空間に「傷」の自己意識の文学的表現を託したのである。

吉原には、詩の始まりと同時に演劇が立ち現れていた。一人の部屋で内面を通して実存と向き合い、視覚的な言葉を通して自己表現をすることが多い現代詩の中で、吉原の詩表現は演劇的であることにおいて一人称のペルソナを超えた語りを持つことができた。吉原による一人称の声がドラマティック・モノローグとして一人二役の詩表現を可能にしたのは、この表現方法による。舞台の上の「声」、そこで展開される物語＝ナラティヴは決して単声ではなく、反ナラティヴへ牽引する情動を孕んでいることを演劇舞台の観客は了解している。

声と主人公の複数性は「オンディーヌ」の語りの基本をなしている。「おまえ」と呼びかけているのがオンディーヌなのか、あるいはオンディーヌに呼びかけている詩人の声なのか判然としない。この詩の背後には、アヌイの『オンディーヌ』、さらにギリシャ神話、ヨーロッパの民話として伝えられたさまざまなオンディーヌが存在する。ハンスへの呼びかけは複数のオンディーヌの、自分自身への呼びかけでもあるが、同時に観客を前にした呼びかけなのだ。

演劇という表現舞台の重要性は、『オンディーヌ』の翌年刊行された『昼顔』が吉原自身の舞台演劇のシナリオに依拠していることからもわかる。「昼顔」もL・ブニュエルの映画『昼顔』を参照し、その語り直しである点で『オンディーヌ』と同じく、時空を隔てた世界を下敷きにした演劇表現である。吉原の詩が内包する「語り得ぬもの」「隠すもの」、つまり秘密の表現の仮面としての役割を果たしている。

『オンディーヌ』

演劇舞台は限られた時間の中でのみ存在する空間であり、その愛は時間とともに終焉する。舞台という表現の場には幕は必ず降りる。しかしまた再演という形をとって反復される。次の舞台で、次の独白で、そして次の愛の場面で。演劇という舞台の持つ時限的身体性は、吉原の傷の時限的反復性を示している。

純粋病の愛は自己と他者、そして世界との距離がなくなる愛であり、他者を自己消滅への道連れにすることだ。純粋愛は共犯者を必要とするが、愛の相手は他者に取り込まれてしまうことへの恐怖から相手を裏切る。裏切りは他者に「深入り」しないために距離を置くことなのである。水のように充ち足りた「わたしがあなたのなかであなた」である純粋愛の達成のためには「あなたの手足がじゃまになった」と、吉原のオンディーヌはひとり語る。性的他者の身体、自我は「そんな一致があるものか」と抗う。そこに苦しみが生まれる。

オンディーヌは裏切られて水の精に戻ることはできず、すべての記憶を失って水の泡になる。それは記憶喪失の物語であり、失語症＝純粋愛の究極を描く物語である。言葉、身体、記憶を持つものには訪れない輝きと幸せである。ここには苦しみと記憶の消滅による秘密からの解放の原型が描かれている。

『オンディーヌ』には、純粋愛と裏切りの本質的関係が、男性、人間社会と、女性、妖精の世界の相容れない対立の物語の枠組みとして明確に前景化されている。純粋愛が、裏切り、嘆きと後悔を伴う愛の記憶からの解放という究極の自己消滅を導くものであることを神話的普遍性を下敷きにして描いている。日本民話の異類婚譚同様、人間と人間以外の生き物、男性と女性の越えられない溝の物語を神話＝民話の枠組みを借りて表現する。

そこでは他者は、性愛の共犯者であると同時に見えない悪の暴力とその過剰さに抗い続ける共犯者でもある。その純粋病の愛の過剰さは、根源悪の過剰さに比例する。愛の対象は、悪を暴き出すための「裏切り者」でなければならない。悪の絶対性と性愛の「純粋性」をつねに顕在化し続けるのが、初期の吉原の、痛みと苦しみの自虐／加虐的なペルソナである。裏切りこそが傷の深さ、苦しみの起源を鮮やかな「一瞬」に現前化する。

『昼顔』

『昼顔』は『オンディーヌ』と近い時期に刊行されているが、多くの詩篇においてモチーフやテーマを引き継いでいる。しかし『夏の墓』になると、純粋愛の苦しみは、女の二面性からくる根源的な苦しみへと抽象化されていく。

わたしといふ熱心な観客が去ってみると
しらじらとした舞台装置だった
終る　といふことの呆気なさ

（「通過Ⅲ」『昼顔』）

すべてが終るとき　ほんたうの大きさで
わたしは　みるだろう
世界を

（「通過Ⅵ」『昼顔』）

『昼顔』では、純粋病の愛を貫くドラマは終わりに近づき、消滅へ向かういのちの行く末を見届けようとしている。吉原は「詩とは遺言」のようなものと言うが、それは死にゆく宿命を感知した詩人が「言い残すことがないように」という切羽詰まった緊張感を持つことでもあった。『昼顔』以後の作品は、傷口が鮮血を吹き出す直前に絆創膏を貼られたいのちの、実在するものだけをつかもうとする触手で成り立っている。

分身的他者と同質的他者、そのどちらにも詩人は純粋愛を注いできたが、次第に純粋病の愛の激しさが薄れていき、世界と自己との間に距離を作っている。「復活」「通過」「翔ぶ」などの詩篇では、『夏の墓』で全面的に展開された共犯を求める愛の苦しみが、ちいさきいのちへのこだわりから大きなものへと溢れ出る心へと変容していく。

死ぬまいとして愛を殺す　これは自衛だ
あなたに向けたぴすとるは　わたしの心を狙つてゐる
罪の熱さと　罰の冷たさで
わたしにひびが入る　そこから割れる　べきだ

嘘のやうに穴があいて　たぶん静かにひろがる　死
世界のしたたる音が遠ざかり　そのあとの
ながいながい独房　の窓に　もしかしたら
静かでない死　燃える死　燃える生
雨のなかで　じぶんの汗にぬれながら巣かけるくもの
ぬりつぶしてゆく　せばめてゆく　光る0《ゼロ》の楕円

（「復活」『昼顔』）

動物やいのちを持つあらゆる自然の中のものものが対象となっていて、他者への期待が希薄化するとともに苦しみも変容していく。

どこかに　あの瞬間《とき》とまったきりの時計がある
それはたしかだ
わたしは悔みたくないので
悔まない

（「通過Ⅲ」『昼顔』）

女性の「二面性」、昼と夜の顔、娼婦と淑女、肉体と心の相克と共存について書いた作品がある。雷も波濤も遠くなり、分裂を内包するありのままの女という、他者との苦しみから離れて自己の受容へと傾く想像力が見えている。

白い世界よ
罰してください
罰してください
わたしがわたしであることを
心があり　肉がある
わたしが　女であることを

（「昼顔」『昼顔』）

償ひのために罪を犯した
心のためにいのちを閉ざした
あなたも　きこえるか　（ああこの夜の）
（…）

のびつづける爪が夜明けをきり裂くとき　も
沈黙は愛か
愛は透明か
白い喪服
心は死んだか

（「昼顔慟哭」『昼顔』）

『昼顔』は、女性が内面化したジェンダー文化の規範からの逸脱の希求を表現する。女性の内面構造は昼と夜の分裂への裏切りをはらんでいる。それは『夏の墓』と基本的に変わりはない。善と悪、昼と夜、心と身体の亀裂を、女性の本質であるかのように前提とする存在として表象している。

すべての契約は　ふみにじられた
わたしは　人質として預かった　思ひ出たちを殺す

預けた人質は　盗みかへしてやる
殺されないうちに
（わたしも　破棄する　すべての契約を）

それから　あの城に火をかけて
もしてやる
ぜんぶもしてやる
いちばんよくもえるたきぎを
わたしを　くべてやる
焦げながら
わたしは　わらひ出す
破棄ではなかった
はじめから　これが契約
裏切りのためにこそ　誓ひがある
すっからかんに燃えればいい

（「破棄」『夏の墓』）

わたしから　こころが溢れる
たぶん
小さくなったために
大きなものがもてるのだ

もう　うたふ必要がなくなった
私はつひに通過したのだ
（「通過Ⅵ」『昼顔』）

「純粋病」は、次第にその対象の具体性、個別性を曖昧にし始め、共犯者になり得ない同質的他者への諦め、裏切りの反復を求めることを通過した地点が見えている。ちいさきいのちの苦しみの中に生と死の宿命を受け止める思考と感情。それは絶望と諦め、孤独であると同時に、生き残りへの感受性、かならずくる死の宿命の凝視である。いのちは復活し、時の苦しみは通過し、個体は消滅する。

『魚たち・犬たち・少女たち』

『昼顔』の次に出版された『魚たち・犬たち・少女たち』はメルヘンの雰囲気をもつ詩集である。この詩集を吉原は「軽めの詩」と言っているが、感情や言葉の激しさや過激さが退き、日常生活の中でのちいさきいのちの生きる風景が前面に出ている。

続いて一九七六年には第六詩集『夢あるひは…』とエッセイ集『人形嫌い』、翌年には第二エッセイ集『花を食べる』、七八年には第七詩集『夜間飛行』が刊行されている。この時期から老いた母をはじめ、女性、動物、子どもへの視点に変化が見られる。死に対して無防備ないのちへの視線が吉原の中心的思想として定着していく。これらの中期の詩集においても秘密を原点とする詩的言語の主体は、あくまでも詩人自身であるが、分身的他者と、共犯者としての性的他者に分離した他者への願望が無防備ないのちへの憐れみへと収斂されていることがわかる。

一九七八年に、老いた母を残してアイオワ大学のクリエイティブ・ライティング・ワークショップのためにアメリカに半年間滞在し、第九詩集『ブラックバードを見た日』のもとになる作品を執筆、『花のもとにて 春』には、その母の看取りを描いている。母、女、動物、虫、魚、子どもといったいのちへの思考が詩に結実していく時期だったと考えられる。吉原のこの時期の変容は、弱きものを支配し、いのちを抑圧する男性中心主義的な人間社会の根幹をなす差別の構造についての認識を前景化する。

舞台で展開される神話、仮装の声を通しての吉原の内面の「失語症」の表現は、一九八六年に出版された『樹たち・猫たち・こどもたち』で大きく変化する。『樹たち・猫たち・こどもたち』は『魚たち・犬たち・少女たち』の続編である。この詩集では、不特定多数の読者へ向かっての表現へシフトしていく。それは、わかりやすい言葉と文体といった詩的言語の変容だけではなく、閉ざされた内面劇からの脱却、他者と自己との関係の変容をもたらした。この詩集は、同じ時期に書かれた『ブラックバードを見た日』(一九八六)とともに、詩人の他者意識の変容、心と表現を位置づけるトポグラフィの変容を示し、やがて確実にくる死を受容するいのちの運命の共有を示唆している。

にぶってしまった　針の尖で
つきさせるものは　もうない
ああとても

そんなに足早に　歩けないのに

いつかきっと
逆光の浜辺を
海と朝日にむかって馳けてゆくものの
小さなうしろ姿　さよなら
（…）
わたしは自然を信じようと思う
自然がわたしを要らなくなるとき
静かに　見送りながら

（「交替」『魚たち・犬たち・少女たち』）

ペルソナは、自然の時間の流れの中にいる自分といのちの存在を感じている。自分を離れていくいのちを見送る中で自分も自然の一部であることを認める感性が貫いている。同時に野生動物、犬や猫などの人間に支配されるいのち、食べ、食べられるいのちの運命を受容しながらも、大きなものが小さなものを過剰に食べ尽くす人間文明への批判も見られる。自分も他者も「食べる」循環の中にいる。他者のいのちを食べることは、自分のいのちを食べることなのだ。

わたしを殺したのなら
わたしをたべてください
いちばんおそろしい猛獣たち　にんげんよ

（『魚たち・犬たち・少女たち』）

これは「死ぬ母―さらばアフリカ」と題された詩の冒頭であるが、終わりは、捕らえられた檻の中から「お母さん」と呼ぶ子の声を聞く母の断末魔で終わっている。アフリカは大地の母だが、「死ぬ母」には老いが目立ち始めた母の姿が重ねられている。

小さな月が地球をまわると
ひとは　大きな月を忘れる
（…）
小さな愛に閉ざされるとき

ひとは　窓のそとの輝きを忘れる

虫が生まれ　樹が匂う季節
もっと大きな　もっとたくさんの
いのちのなかに
わたしたちの小ささを知るとき

ほたるは　はじめて
星になる

（「小さな愛が……」『魚たち・犬たち・少女たち』）

ちいさないのちを包む大きないのち、自然の中の孤立した一部から自然と一体化して輝くいのちへの変貌の過程を詩人は捉えている。メルヘンの世界をなぞるこの詩集では語りの声がちいさないのちであり、季節ごとに思考も、感性も少しずつ移りゆく。いのちの苦しみは、季節とともに移ろい、また蘇る。

わたしを解き放ってください
わたしは　ステンドグラスの影にそまった
床のうえの　小さなしみをみつめているのです

愛がこわい　やさしさがこわい
かみつぶす思いの悔いがこわい
わたしをいのちに誘わないでください
わたしはどこへも行かない　笑わない
ここに　このじっとしたひとりの場所に
わたしを解き放ってください

わたしの肩に手を置かないで
ふりむかせないで
わたしのみつめている小さなしみを
親切な　大きな掌で

ふいてしまわないでください

（「祈り」『魚たち・犬たち・少女たち』）

一方、ここでは苦しむ性が自分の本来的存在であり、一人だけでじっと床のステンドグラスの影をみつめている自分にこもりたいという叫びのような内なる声が蘇ってきている。大きなもの、自然へ包まれることへの願いと、苦しみの中に生きることとの欲求の間で揺れ動いている。

夢のなかでだけわたしは
叫ぶことができた
目尻に涙をひきながら

衿をたてて
停車場の角をまがる
するといつも　列車はうしろ姿なのだった

世界がわたしを包んでいるのに
わたしののばす腕は
いつも　そのふちにとどかない

（「唖」『魚たち・犬たち・少女たち』）

「大きな世界」は自分を包み込んでくれようとしているのに、自分はそこに届きそうで届かない。列車はいつも出発してしまう。夢の中でペルソナは叫び続けている。

『夢　あるひは…』、『夜間飛行』など、『魚たち・犬たち・少女たち』と同じ時期に書かれた詩集はどれも美しい抒情にあふれ、自然と人間の内面、夢と現実の狭間を揺れ動き、彷徨している。

その島は　空にちかいので
とびかふホタルと
星のひかりと
ほとんど　見分けがつかない　といふ

うごくのがホタルで
うごかないのが星？

（「発光」『夜間飛行』）

「昔はとべた／いまはとべない」感覚でいるペルソナと、動くもの、動かないものが一つになり発光している「大きないのち」に包まれた感覚を得ているペルソナが同時に共存して「白い世界」が遠くに見えている。

人形嫌い

詩人は、日常生活のどの場面においても、死を感じ、死にゆくもの、消滅していくものの痛みに敏感に反応しているのだが、虐待する人間に対しても、される動物や自然に対してもいのちの実存を感じている。弱く無防備ないのちへの愛は、自分の生んだ赤ん坊から動物、植物といった人間に踏みにじられる被害者、死へ向かう宿命を負う森羅万象への愛、自己愛を飲み込む「純粋愛」へと普遍化される。それは共犯者としての他者との裏切りに満ちた苦しみを経た後に全面的に展開される吉原の到達した愛の終末の愛の形で、『樹たち・猫たち・こどもたち』においてその全容を見せている。それは詩人の共犯的他者への期待の後退を意味している。
この詩集では、少女＝人形が主役の一人であり、その声を通して動物や花、木々との交流が展開する。

〈トオイトコロヘイクノ？〉
〈モリマデイクノ？〉
〈ソシタラ　カエレナイイジャナイ〉
（…）
あの子たちの〈遠いところ〉
あの子たちの〈森〉
いまわたしがいるのは　そこだ

（「子供たちの会話」『樹たち・猫たち・こどもたち』）

人形というペルソナは少女が熱をだして寝ている間、仲間たちと顔を見合わせて言う。

——あたしたちには　足がある
でも　歩けない
あたしたちには　口がある
でも　食べられない
きょうは　あたしたちとおんなじに
歩けないのね　食べられないのね
かわいそうなマーサちゃん
でも　あたしたち
ひるま死んだふりばかりしてるから
忘れてしまうのよ　泣きかたなんか——

（「人形　1月夜」『樹たち・猫たち・こどもたち』）

「2 ガラスの瞳《め》」では、人形のペルソナは人間だけではなく、動物や「もの」とも違う自分の存在について語る。

あたしの瞳は青いガラス玉
いつも　遠くの空を見てるの
（…）
思い出せないの　誰から
どうやって生まれてきたのか
あたしって　誰なんだか――
大きな夢のなかにいるみたいよ
にんげんをつくったのがカミサマなら
人形をつくったにんげんは
人形たちのカミサマなの？

感じたい　よろこびたい　悲しみたい
けど　ガラスの瞳から涙は出ない
それで　遠くの空を見てるの
〈あたし〉ということばのいみが

やってくるのを待ってるの　　　（「人形　2ガラスの瞳《め》」『樹たち・猫たち・こどもたち』）

人形がいわば獣と人間の中間に存在する詩人の自己意識と重なることが「けものよ」という作品に表現されている。

思い出そう
おまえが今よりももっと美しかった昔を

おまえは森を駆けめぐり
銀いろの月光にぬれ
緑いろの瞳を闇に燃やした
あるときは　背にきらきらと霜がおりたが
こいびとの熱い舌が　それを溶かした

わたしがおまえに身を包むとき

おまえの血は　わたしの鼓動を搏って
内側からわたしを満たし

わたしは思い出す
けもののはげしさを　やさしさを
その　かなしみを

（「けものよ」『樹たち・猫たち・こどもたち』）

獣たちは、人間に略奪される以前は本来的な野性を持っていた。それが情念の記憶として心に残っている。それに身を包まれることは語り手の夢でもある。しかしいまや森と人間文明は断絶し、けものたちは都会で人間の勝手に振り回される無抵抗ないのちである。その運命は、死にゆくいのちとして詩人と共有されている。それは死なない人魚、オンディーヌとは異なる位相に置かれている。

雨がやんだね
今夜はピーポーのくるまもこないね

ひとかたまりになって
眠っている　小さなけものたちよ

別れが近づいたことを知っている？　ファーロン
おまえが涙にじませ　尾をふるわせて産んだ
やわらかいこどもたちとの

別れが近づいたことを知っている？　チビたち
おまえたちのために八つの乳房を赤く腫らしている
無限におなかのすく母親との

もう二ヶ月がたってしまったから
猫さらいがくるよ　猫さらいがくるよ……

（「わかれ」『樹たち・猫たち・こどもたち』）

このいのちの不可避な消滅を日常に認めていく目と声は、親しみのある情景、わかりやすい言葉の下に血の出る傷口を隠し持っている。それは、人形という、生きているのに死んでいる存在、苦しいのに涙も流せない、壊れることのないガラスの目を持つ人形の悲鳴として表わされている。吉原は、童話の世界の現実と現在の時を離れた、架空の、幻の、不気味な世界を巧みに利用している。中でも人形の詩は、この詩集に数篇まとめて書かれていて、詩人自身が「人形嫌い」だと言うだけに怪しく、恐ろしい人形の意識を詩人自身の存在のメタフォアとして表現している。

人間という「カミサマ」に作られて、感情表現を奪われたまま生と死の中間に存在し続ける人形を、自己と重ね合わせている。人形の世界では、運命に逆らうことはできないという諦めと痛みがいつでも不意に前景化されるのだが、文明と野生、人間と動物の間に横たわる意識の亀裂を埋めるように、叫びを内包する人形ペルソナの独白を作り出しているのである。人形の独白は、沈黙の発露である。人形は野生を経験したことのない、その記憶を持たない、人間の造作物である。野生でも文明でもない、加害者の人間が作り出した「もの」である。本来は意識を持たない、いのちとしては非存在な人形に、誰も聞くことのない独白という語りを持たせることに、吉原の独白的詩言語の本質が沈黙にあることを表している。

人形は永遠の少女であり、生贄にされる、人身御供の「人がた」である。吉原の人形は、泡になって水に消えていくオンディーヌが愛への聖餐として語られるように、童話の世界は神話の世界と深くつながっている。童話は、あくまでの現実社会のレプリカであり、人形は、永遠に歳をとることも死ぬこともない、吉原の自己意識の中で現実と並存する神話的深層世界の主人公なのである。

人形は生と死の間で在り続ける「生き残り」の無性的な存在の象徴だが、そこから逃げ出すことは自滅である。生き残るために脱走を試みた人形は壊れて博物館の庭に横たわるが、博物館のガラスのケースの永遠の居場所からの脱走とは、結局は解体されてしまうことなのだ。

深い海の底のように
森閑《しんかん》とした　博物館の中庭
灰色の玉砂利の上に

赤い人形が落ちている
(…)
人形の眼はうつろに開き
色あせた赤い服の胸とすそには
うっすらと　なにかの水が付着して
まるで血のように滲んで見える　(「人形　4 博物館で」『樹たち・猫たち・こどもたち』)

童話という表現の枠組み、そして少女、人形というペルソナは、尾崎翠、左川ちかをはじめとする日本のモダニズム女性詩人・作家の系譜の中に吉原の詩の感性と想像力が位置づけられることを示している。

モダニズムとの接続

尾崎翠の『第七官界彷徨』の主人公は、赤毛で縮れ毛の少女だが、ホモソーシャルな社会における兄たちの成功を助けるために田舎から上京して家事を賄っている。彼女は、家事という女性の性役割を果たしているが、少女という未成熟な性として恋愛の対象からは外れている。そのため彼女は孤独ではあるが、想像力によって内面世界を広げている。両親は不在で、遠い郷里にいる祖母だけがメンターのような役割を果たす。祖母と孫は共に社会の上昇軌道から外れている。少女の自意識は、家族関係、社会関係の空隙にある。少女は、放浪の旅に出て姿を消してしまうが、その未熟な身体と特異な風貌、超自然と交流のできる感性が、彼女を選ばれたもの、異邦人として印象づけている。

大人になりきれない少女のようなか細い身体を持つ主人公を、尾崎翠は「こおろぎ嬢」という、産まない身体として、社会のタブーを侵犯するはぐれもの、追放されるべき女性として描いている。尾崎には盲目の少女クララを主人公とする童話がある。少女は、産まない身体である上に盲目であるので、家族制度を基盤とする国家にとっては、人形と同じく無用ものとされてしまうのである。それは、やがて消えていく身体である。

主人公にとって人形は遊び相手というだけではなく、ソウルメイト的な存在であることが多い。人形は、少女や産まない女の象徴なのである。人形の持つ恐ろしさ、不気味さは、産む性から外れた異類のセクシュアリティへの恐怖とつながっている。人形のガラスの目による凝視は、左川ちかのペルソナを想起させる。左川の作品におけるペルソナは人形ではないが、少女性を持つ、産まない女の、性的な反逆、異性愛社会の差別構造を見通し、破壊する強さを持っている。人形は女性の反逆するセクシュアリティの象徴的存在の形象なのである。

人形はこのように、吉原にとって不気味な存在でもあり、同時に、物語の主体でもあるのだ。人形が不気味な反逆者として立ち現れるのは、それが、生身の人間とつくられたもの、いのちと物との境を超える瞬間をつねに内包するからである。少女という語る主体は、現実と幻想との境をなくして世界を認識する想像力を持っている。人形は明らかに、おもちゃを超えて、大切な遊び相手、そして、心を分かち合う友達である上に、忠実なペットである。そしてそれ以上に人形はペルソナにとっては心を分かち合う分身であり、自分自身と一体化した他者、つまりクローンでもあるのだ。創造主と創造されたもの、いのちとものの対立と分身性は、つくられたものの復讐、裏切り、秘密のドラマを内包している。

自由を夢見る人形がガラスケースを脱出しようとすれば、壊されて博物館の広場に放り出される。壊れた人形は死骸とも言える無残ないのちの、心の残骸に移るのである。人形は人間の被害者であると同時に、脱出を心に願い、実行すること自体が裏切りであるホモセクシュアルな恋人でもある。人形の脱出願望は少女の心は傷つける。境を超えるという感覚は、吉原の作品を貫いている感性である。いのちはいつか必ず境を超えるのだが、現実の風景も、そこで生きるいのち、そこにあるものも、突然消え、姿を変え、破壊された残骸となる。自分のいのちだけではなく、そのような現実、それを取り囲む世界の突然の変容への恐怖につねにさらされているのだ。

少女の身体は、未だにセクシュアリティの実態を伴わない曖昧な身体であるだろう。それは人形の硬い身体と無自覚なセクシュアリティに表象されている。しかしそれらもまた、突然無意識領域の性的身体として顕現される一瞬を持つ。その変貌の恐ろしさは、SF映画のクローンの変貌にも似ている。分身の変貌は、自身の隠れた意識の露見でもあるのだ。人形、そして少女は、尾崎翠の盲目の少女クララのように、人間とは違ったものが見え、見えないものを感じる、異界との境に存在する分身なのである。

吉原幸子は、戦前のモダニズム詩人・作家の、異性愛にもとづくセクシュアリティへの違和感と異性愛からのはぐれものへの差別に対する反逆の想像力を受け継いでいる。モダニズム詩人たちの少女性を持つペルソナの、滅びゆく存在としての自己意識を継承しているのである。『樹たち・猫たち・こどもたち』は、異性愛にもとづく社会のはぐれものとしての仲間意識を共有する者たち、人形、少女、動物、植物への哀れみと愛を注ぐ世界が顕在化した詩集であり、吉原の中期の想像力と思想の結晶と言えるだろう。

第三章　母の後ろ姿　母の記憶と海

海への道

『樹たち・猫たち・こどもたち』は『ブラックバードを見た日』と同じ八六年に刊行、母の看取りを描いた『花のもとにて春』が一九八三年に刊行されていて（八八年に『新編花のもとにて春』刊行）、中期から後期への詩世界への橋渡し的な位置を占めている。吉原の後期の詩には、老いた身体が回帰してくる。それに伴い、弱いいのちと死、母＝海の象徴化へと吉原の思考と詩業が収斂していく。

海

——静かな恋びと
だんだん　遠くなるのです

涙よりも塩からい　あたたかい水に包まれて
あなたのなかを泳いだ日の　記憶

あなたが行ってしまったのは
風のない　音のしない午後
行ってしまったからこそ
あなたは呼びつづけます　濡れて
密林のなか　砂漠のなか
わたしは呼びつづけます　渇いて

恋びと
――もしかしたら　神

（「遙かに……」『樹たち・猫たち・こどもたち』）

「あなたのなかを泳いだ」とあり、「あなた」は母と読める。海は、死者と生者、愛し合うものたちを隔てている。水平線では目を交わしながらも、結局は交わらない。しかし、同じ詩集の「雨が海に」では雨と海という二つの水が互いに流れ込み、混じり合って、「いないあなたが／となりに」存在している。

あの日
雨が海に
海に雨が　ふっていた

濡れながら　海辺を歩いた
（…）
海だけが　しずかに音を溶かしこんで
沖合いの
遠いひびきを　きいていた

いないあなたが
となりにいた

あの日
雨が海に
海に雨が　吸いこまれ

あたしはあなたに
あなたはあたしに
吸いこまれた

（「雨が海に」『樹たち・猫たち・こどもたち』）

悲しみの雨＝涙は、大きな水の場所である海に吸収される。そこで「あなた」と「わたし」、母と娘は一体化する。生き物の苦しみをなだめる海が、あらゆる苦しみを飲み込んで再生の起源となっていくのは、母の老い、「身体」の帰還を契機としている。詩人の血に滲んだ身体がようやく解放されるのも海である。吉原の表現は、異性愛の離反から性愛の対象としての女性に対する語りへと声を向かわせ、母娘の密着から解放される。それは母の秘密からの脱却であり、母の秘密への接近禁止というタブーからの解放でもある。

一九八三年には、新川和江と「現代詩ラ・メール」を創刊する。「ラ・メール」というプラットフォームで女性たちが、自身の経験や生活に即した詩を書き始めたことで現代詩に直接性を取り戻し、閉塞感のある詩表現に風穴をあけた。二十一世紀に入ってなお女性詩人の数は男性詩人の五パーセント、当時は、消費税だと揶揄されたこともあったが、女性たちが自らの表現に目覚め、批評を男性に依存せず、自身の手に取り返したことの意義は大きい。

母の身体

吉原の中期の詩には母はあらわれない。実生活では、父や兄を比較的早く亡くし、母と共に暮らす生活が長く続いたようである。吉原の異邦人意識は、母と一体化した幼児期に育まれたと考えられるが、大人になる過程では、母の身体から女性の身体へ、沈黙する母から傷と痛みを共有する性的他者への欲望の移行が見られる。

吉原は、母を明治生まれの「新しい女」と書いているが、母の恋愛は、個人的な事情を超えて近代的異性愛の挫折とその記憶の封印を意味し、初期の詩作品では、秘密、沈黙として描かれ、その秘密に娘が接近することはタブーであった。娘が一体化していたのは母の身体ではなく、母の秘密であり、禁止された記憶だったのである。

しかし『花のもとにて 春』『ブラックバードを見た日』には老いた母があらわれる。母の秘めた苦しみ、封じられた記憶も、すでに娘に対する力と意味を持たない。年老いた母は、その生存を娘に依存する弱い身体である。秘密を守り続けた母は、動物や赤ん坊と同じ「弱きもの」へと変容している。それが本来的な母の姿、生き残ろうとするいのちの姿であったのかもしれない。娘の目の前の消えゆくいのち、人生の終わりを生きる一個の身体として立ち現れている。

雪が降つてゐますか　お母さん
風が吹いてゐますか　お母さん
それとも　すこしすすけた障子にうつる
月の光を　ながめてゐますか
(…)
ああ　笑ひ上戸だつたお母さん

あんなにもおそれてゐた　あなたとの別れを
いつからか　覚悟してしまってゐるけれど

かうして　地球の裏側にゐると
まるで思ひ出のやうに遠いので
いまは　静かに語りかけることができます
さびしがってゐますか
ねむってゐますか

（「望郷」『ブラックバードを見た日』）

老いた母を残してアイオワ大学のライティング・プログラムに半年間滞在した吉原は、距離を隔てることによっていのちとしての母を確認する。離れて暮らす時間が、感情的、心理的な別れの準備となる。現実の老いた母の姿と、娘時代の母の沈黙への抵抗の記憶が折り重なって、内なる母を模索する詩人の声が切実な感情表現を生み、そこから母に語りかける声が生まれる。幼なき日の存在感のある母と、老いたか弱い存在である母が重なり、詩人の新たな声の源泉となっていく。記憶を失いつつある母との別離によって、実在の母を超えてその存在が変容していく過程が描かれている。

もっと深く
もっと鋭く
あなたの内側を知りたい
それはほとんど　儀式だ
黒ミサのやうな
やくざの盃のやうな――

あなたを　常に切りとってこなければならない
あなたの一部を
わたしの一部と混ぜ合はせて
濃い硫酸をつくりあげる
時の腐蝕をくひとめるために

（「儀式」『ブラックバードを見た日』）

「老いた母」は弱いいのちの位相に置かれているが、自我が消え去っているわけではなく娘にとっての記憶の意味が変容しているのである。母は現在を生き、微笑む身体であり、人生の時間の終わりにさしかかっている女性の内面は何も存在しないのか、あるいは、沈黙を守り続けているのか謎である。娘はすでに母の沈黙を生きた。母の秘密による傷はすでにその力を発揮しない。それは死に向かう母の強烈な実存の前に薄れている。圧倒的な存在感を示すのは老いた身体であり、秘密を飲み込んだまま忘却を抱えて霧の彼方へ消滅しようとしている。その身体を思うことは、娘の記憶を思い起こすことであるが、それは血糊のように凝固して肌にこびりつく傷痕が「永遠の夕焼け」として見える風景に立ち尽くすことだ。アイオワへの飛行機の中で、詩人はその傷痕としての夕焼けを窓から見ている。

終らうとして燃えあがる記憶
のやうに

夕焼けの好きな人間《ひと》がゐて

ある日の日没時に
西にむかって
地球の自転と同じ速度で
とび立ったとする　と
(…)
ゆくてには　ずっと
同じ夕日を眺めつづけることになる

そのとき　時間はとまらないか?

同じ日の　同じ時刻のまま
決して沈まない太陽をめがけて
とびつづける　ヒコーキ
のなかで
ゆっくりと老いてゆく誰かに

（わたしに）
血糊のやうにこびりつく
永遠の夕焼け
を思ふ

（「凝固」『ブラックバードを見た日』）

西へ向かう飛行機の速度は、死に向かういのちと身体の速度でもある。シルヴィア・プラスの、ぎらつく朝日に向かって突進するペルソナの姿を想起させるが、詩人が馬より早いスピードで西へ向かって進んでいる一方で、詩人の母はゆっくりと死に向かっている。プラスの大釜は煮えたぎっているが、吉原の夕暮れは永遠に肌にこびりつく血の塊である。

動くもの、容赦なく去りゆく時間、母を置いて飛ぶ飛行機と、滞り、凝固し、シミや血糊となって動かないままの相反する意識の共存が見られるが、置いていくのは母の身体で、ペルソナ自身は、母の記憶を追いかけて死に向かって飛んで行こうとしている。ここでは母の記憶、その沈黙した内面と母の身体との乖離がはっきりしている。夜行飛行は、夢の世界から死に向かう飛行に変わっていく。『幼年連禱』における森の風景と同様、ここでも時間を超える身体の動きに対して月、血糊、夕焼けといった消えない傷の記憶が描かれている。経験の直接性と同時に過去の記憶として永遠に消えない傷と傷痕としての記号＝象徴化は、ここでも同時に見られる。経験を記憶に閉じ込めて象徴としてイメージ化する吉原の詩表現は、ほとんどすべての作品を風景画とし、舞台装置化している。痛みの直接性と傷痕＝記憶の永遠性、痛みの過ぎていく時間と傷痕の止まり続ける時間（＝空間）、この両者が共存する吉原の詩空間は、深さを増しながら最後の詩集まで続いている。

けれど今
あなたはわたしを　もう一度追ひこして
ずっと先の方へ　行ってしまった
あなたが三分で忘れることを
わたしだって三日で忘れるのだから
永遠のなかでは　たいしてちがはない

（「泣かないで」『花のもとにて 春』）

『花のもとにて春』は、娘と母の関係の変容を看病という日常の中にさりげなく示している詩集だが、無防備な身体となり、動物や虫や植物と同じ位相で目の前に存在しているのは母の身体である。すべてを忘却しつつある存在は、ただそばにいることによって存在を証明する。そこで描かれる母は、吉原が「詩的言語」を通して遺棄した母とは異なった存在として立ち現れ、その従来の位置づけを変容させると同時に、その記憶を固有の記憶から永遠の位相へと位置づける。

こうして秘密は、もはや意味を持つ現在進行形の力ではなく、象徴化、記号化された風景の中の記憶＝傷痕へと変容する。詩人は起源としての母の秘密から解放されるが、それは同質的他者への純粋愛によって明かされるはずの秘密からの解放でもあった。母の死を受容し、その後を追いかけるペルソナの行く先には、母の記憶であり、いのちと死の起源でもある「海」が広がっている。こうして母の死は、いのちの回帰であり、春、花の復活として受け止められる。それは母の死を自然の必然的な循環の象徴として受け入れようとする詩人の固有の感性だろう。

あの日まだ
母は　わらってゐた
海も　光ってゐた

青春　に疲れた娘を
もの言はず　いたはるやうに
母は　海辺の宿へ連れて行った
（…）
色とりどりの
さまざまの形の石　の浜辺
ひとつひとつが美しく　捨てがたく
娘は一日ぢゅう
波打際にかがんで石を拾った
いままたおそい青春のやうに

久しぶりのいたみがふりかかるとき
わたしを春の海辺へ連れて行ってくれるひとは
わたし　しかゐない

わたしの懺悔聴聞僧が
罪を犯してしまったので
泣きにゆくところが　どこにもない
甘えられるひとが　だれもゐない
仕方がない　だれかとケンカをしにゆかうか
（…）
理由《わけ》などなにもわからなくても
殺人犯の母親が　面会室の網戸ごしに言ふやうに
カハイサウニ　と無条件で
うなづいて　なぐさめてくれるひとが

（「光る海へ」『花のもとにて 春』）

今ごろは　病院の一室で
歯のない口を一文字に　短くなったあごをして
ひっそりと眠ってゐる　あのひとのほか
つひに　この世に　だれもゐないとは

（「母恋ふる日記《にき》　3かゆい日」『花のもとにて　春』）

母の身体が消える。「微笑む身体」も消える。告白と許しを与える「懺悔聴聞僧」がいなくなるだけではなく、世話をする身体も消えてしまう。一人残されてどこにも行くところがない。それは漂流し、国を持たない難民の孤独と不安の感情にも通じる。

母は、秘密を抱えたまま小さきいのちから消滅するいのちへと収斂していくが、それはいのちの個別性から普遍性へ収斂されていく道すじであり、母は死にゆく個別のいのちとその普遍的再生の総称としての存在である。娘はそれを追いかける。かつて母が連れて行ってくれた海、輝いていた海は吉原の詩の最後の幻想の場所となっていく。どのいのちも母胎存在なのであり、その起源と行き着く先は海である。

「後ろ姿」の実存――惨事の後

隠され、惨事の苦しみを暗示し続けた記憶、その沈黙を生きる娘の実存は、母の後ろ姿を見ながら自己意識を形成していった。母は、かつて森に幼児を残して立ち去る。幼児は去っていく母の後ろ姿に向かって叫ぶ。その母が今また、娘を置いて死に向かおうとしている。娘が見つめるのは、自分の先を行く母の後ろ姿である。吉原の後期の詩において母は、秘密で娘を苦しめる存在であるよりは、ただそこにいることで慰められる身体的な存在となって、その秘密の内面が、娘の苦しみの起源ではなく娘をいたわる実在となっている。それが吉原の秘密の終焉であり、母と娘の物語の結末である。それは吉原の詩の言語の変容を意味している。言葉は母の身体へ向けられているが、母の身体を越えていのちあるものへ向けて外へ開かれていく。老いた母は話しかけに答えてはくれないので、それは相変わらず独白だが、普遍的ないのちへ向かっての語りかけは、つねに独白である。

吉原は『ブラックバードを見た日』のあとがきで、「母の詩」、「やさしい詩」はすでに詩集になっていて、ここでは「やや重い詩」、「時についての感慨」の詩をまとめたと言っている。老いて記憶を失っている母への語りかけは、死へと向かう時間に挑む負け戦である。それは吉原の詩作の最終的な転換点を意味している。
吉原の内面を形成する不条理な悪の暴力の感覚は薄れてはいくが、存在しなくなったわけではない。根源悪はその暴力の残忍な脅しとしてよりは、死にゆくいのちの現実、生き残ろうとするいのちの後ろ姿を追うことで、その悪の過剰性を、死の確実性という形に変えて、詩人の意識の底流を流れ続けている。

〈死んだひとが（そのままの姿で）
あの世にゐるかな？　と思ふとき
壺いっぱいの骨が脳裏をよぎる〉
（…）
――なるほど
骨といふものは
かつてそのひとが実在したことの証しだが
同時に

今はもう実在しないことの証しでもあるわけだ
（あの世でも骨は要るはずだもの）

のこされたものの　記憶や　伝説は
いつか風化するだらう
骨よりも早く

いつか　すべては混沌に還るだらう
（だれかが　生きてゐたことも
そのひとが　死んだことさへ）
だからこそ　しばらくの間
骨は貴重な証拠品　鎮静剤だ

わたしは　一年まへに死んだあのひとの
白い軽石のやうな　僅かの骨を

（「骨」『新編 花のもとにて 春』）

生の実感は、消えていくものの後ろ姿にあるが、その身体も、やがて骨だけに剝ぎ落とされていく。生の感覚は、獣たちの威厳ある、孤高な死にゆく姿から、消えていく身体への愛惜に変わっていく。その身体もやがて内臓が消滅し、肉とはまた別の次元の透明さを保つ骨だけが残り、それは生の貴重な証拠品ではあっても「軽石のやう」に軽いのだ。吉原はその骨が子を抱こうとしていると母子合葬を考える。

母の死にゆく姿への感慨を、詩人は「時の感慨」というが、それは去っていくいのちと、消えていく内面=秘密の後ろ姿に集中している。死は向こうからやってくるのではなく、こちらから追っていくものなのだ。詩もまた同じである。吉原の詩の言語は、母の後ろ姿にあり、惨事を後から追いかける実感として立ちあらわれる。根源悪の後ろ姿は、日常のどこにでも遍在している。それは最終的に、いのちも秘密も「時」の絶対性に飲み込まれていくことへと詩人の感性を追い立てる。

それは苦しみの根源を、いのちが終わる必然性に認めるということである。贖罪は、生の時間を生きること自体にあり、後から来るいのちに自らの死にゆく後ろ姿を見せることでもある。過去は先を走って消えていく「時」の車輪であり、その消える姿を追いかけることが生き残る痛みの起源である。時はやがて、追うものも、骨という「軽い」痕跡に還元してしまう。

記憶としての母と海

娘の苦しみの起源としての力を失った老いた母へのレクイエムを経て、詩人の心は秘密から解き放たれていくが、それは秘密が秘密ではなくなったことではなく、秘密が血を滴らせる傷口から、軽い骨という傷痕となることである。「秘密」は、傷跡だけが存在証明として、永遠に記憶を召喚するものであり続ける。乾いた、軽い骨であっても、痛みを喚起する発光の力を持ち続けるものとなる。

自己と他者の分身的共存関係は、こうして対立と苦しみを曖昧にしながら複数のいのちを抱擁する大きな存在へと収斂されていく。それが吉原における生と死の起源である「海」のイメージの前景化である。海は、母ではなく母の痕跡であり、記憶の蓄積である。海は、母なるものを抱擁するいのちの源泉であるが、一方で苦しみの起源、根源悪の姿でもある。海はいのちを生むが奪いもする。宥めるが怒り狂いもする。その力は予測できない。

吉原の「旅」は、母の痕跡としての海にたどり着くための長い旅であった。性愛の対象として「女性」を選ぶことで、母とその秘密を遺棄する女性としてのセクシュアリティを経由した。母は対立し、矛盾し合う存在であった。女性であることは、ジェンダーの外部を生きることであり、吉原はその苦難を経由して母の老いたる身体の回帰に向かい合う。

目を閉ぢれば
ひと気ない冬の入江
磯にさわさわと寄せる潮の底で
カニも　ヤドカリも
ひっそりと眠ってゐるだらうか
(…)
かつてわたしの前にひろがり
わたしの中に泡立ち
たっぷりとわたしを濡らした海

その縁《ふち》をかけめぐって肉を刺した
カニも　ヤドカリも
いつの間に眠ってしまったのだらうか

（「海を恋ふ」『発光』）

海にたどり着くことは、母の後ろ姿を追いながら、自らの過去との決別と受容の「渚」に立ちすくむことである。結局のところ、いのちを取り巻く力はその曖昧性を本質としている。母が娘の苦しみの根源だからこそ、母の向かう海は、生と死、苦しみと愛の根源であり、詩人は詩的言語を通してその渚までたどり着いたのである。戦後文学における母と娘の物語は、こうして、母の秘密、近代女性のセクシュアリティの叛逆の失敗を引き受けた娘の旅として、一つの終止符が打たれる。

ゆめのなかのはは　は
じぶんがしんだことをまだしらない
それとも　あちらのゆめのなかに
こちらが　まぎれこんでゐたのか

（うみのきおく　きおくのうみ）

（「きおく」『発光』）

しかし、吉原の詩表現はそれで終わらない。吉原の最後の詩集は『発光』と名づけられている。傷痕は、光り続けるのである。

終章　発光（発酵）する傷痕

〈傷口は光る——新技術事業団が解明〉
そんな見出しが　こともなげに
二段抜きの小さな記事につけられてゐる
〈五日後、一秒間に三十個の光子を検出……〉
肉眼には見えないが　光るのだといふ

あのなまぬるい赤い液体にばかり気をとられてゐたが
さうか　傷口は光るのか！

（「発光」『発光』）

『発光』は、一九九五年に出版された吉原の最後の詩集である。この詩集では、死へ向かう自分自身の老いの感覚が表現されている。母の老年と死から自分自身の来たるべき死の予感へ、その移行は、傷の再確認とその時が来るのを待つ日常として描かれる。『幼年連禱』から『発光』までの長い道のりを歩んできたが、吉原の詩は、幼年から老年まで、鮮血の迸る傷から光る傷痕へ、時は垂直に過ぎるのではなくつねに共存し続けてきた。傷は、肌と心にへばりつき剝がれない血糊、しかも光を放つ傷痕となってそこにあり続ける、とこの最晩年の詩集は告げている。母の後ろ姿を追い、海の渚までたどり着いた吉原の表現を追ってきた読者は、振り出しに戻されたような感覚を抱いて痛みの風景へ引き戻される。

吉原の詩表現は、晩年の詩集においても傷の記憶が光を放つ。その記憶、死へ向かう自分の身体、その衰えていく身体の発酵する光なのだ。秘密が秘密でなくなるときは身体がなくなるときである。

「空襲」では、幼児期に見た空襲の恐怖とその美しさに魅了された。「発光」にもこれに近い自虐的な「死の美」への接近がある。無防備で痛々しいすべての消滅するいのちが、自己意識の起源として持ち続ける死の恐怖と孤独の輝きであることを晩年の発酵する傷痕のイメージであらわされている。母の背中を追いかけて記憶の海にたどり着くことによって成し遂げた秘密の無化は、まだ吉原の詩表現の終着駅ではなかった。森の冷たい赤い月と異なり、傷痕は発酵し続ける。
オーヴンに頭を入れて三十歳の若さで自殺したプラスに吉原は強い衝撃を受けていた。プラスには、燃える太陽、煮えたぎる灼熱の釜に飛び込んでいく自死のイメージが強烈にあったのに反して、吉原は沈黙しながら長く生き、秘したまま死への道を歩む母との別離、その姿を自分に重ねて「老年」を思考する時間があった。吉原は母の火葬の場で、火は熱かったか水は冷たかったかと問いかける。火と水、苦しみに向かう娘と、沈黙したまま死んでしまう母、火と水は、最後の場で互いを向き合わせている。

あのやうに
わたしも〝蕩尽〟してゐる
何十年か降りつもった
いとほしい〈時〉
の集積である　わたし自身を

サーカスするジェット機のやうに

爆発し　暴走し
周囲を焦がし
自らも火だるまになりながら
いったい　何を燃やしてゐる？
いったい　何を壊してゐる？
肉体には　もう
煮えるべき脂身もないのに
（…）
そのときの火には
ジェット機も　わたしも
間に合はない

（「火」『発光』）

「いとほしい〈時〉」の集積とは、母の老年と、記憶の「幼年」を追いかける時間であり、幼年期はいつも老年の死への歩みの先を走っている。
吉原にとっての幼年期は幻想であるが、それは傷の心的風景であり、それは晩年には、惨事を生きるいのちの風景となっている。そして「老年」は、衰えゆく身体＝傷痕の発酵する光、記憶の熟成である。

惨事の後を生きる感性は、戦争を幼年時に経験した一九三〇年代生まれの女性作家たちに共通していると述べた。その生と性は、はぐれもの、よそ者、異邦人としての感性、戦後の戦争を忘れて発展を願望する社会の外に生きるという、「地球外存在」の自己意識を生み出した。それは戦後思想史の中で隠された秘密と言っていいほど批評されてこなかった。

吉原幸子の後期の詩は、傷ついた感性が生き残りを希求する心象風景が相変わらず底流を流れ続けているが、その傷が、個別の秘密という問題を超え、また観念的な存在論に収斂されることなく、文明がもたらす惨事の被害者の沈黙に由来する犠牲の感性を示している。それは戦争による無差別な破壊に巻き込まれて被害者となった者たち、ジェンダーのトラウマを内面に抱えた女性たちを目撃した幼年期の感性が捉えたものだ。子は誰もが「生まれてきたもの」であり、先人の秘密と記憶を継承する。子供は「家族」と呼ばれる記憶の貯蔵庫の中で育つ。それが擬似家族であろうと、社会が用意した「孤児院」であろうと、幼児は一人で生まれるのではなく記憶を背負って生まれ、その記憶を隠し持つ家族や共同体で育つ。吉原の、苦しみの源流を探し求める手つきは、次第にいのちに必ず訪れる死という普遍的な宿命の認識へと導かれるが、日常のそここに潜む具体的な死を前景化している。その手つきは、すぐに血が吹き出てきそうな痛みの感覚と、記号となった冷たい光を放つ傷痕の間を行き来しながら、老年の日常の時間の合間をぬって、光を放ち続ける。吉原は、死を受容したのではなく、むしろ解体する身体に対する嫌悪と恐怖、そしてその発酵する微生物の最後の光に驚嘆を感じているのだ。

世界ぢゅうを泣きつくすには
ヒトの一生ではとても足りない
〈花火が消えるまで　どれだけ待つの?〉
女の足もとで　たった三キロの小さないのちが
〈永遠　永遠〉と啼きつづける

（「日常」『発光』）

生きる身体の恐怖と苦しみ、そして他者の苦難の引き受け方は、吉原とシルヴィア・プラスとの類似性を際立たせている。プラスが経験したのは強制収容所の「生き残り」

の沈黙を継承した作家たちの表現であった。吉原のトラウマと傷跡の表出による表現もまた、世界大戦の犠牲者、とくにナチスによる絶滅収容所の生き残りを描くアメリカ・ユダヤ系作家の「沈黙の文学」との親近性を示している。

吉原の詩は、近代的国民国家の異邦人、性のはぐれものとしての感性と実存意識を持って世界文学に大きな足跡を残したと言えるだろう。その意味で戦後日本女性作家によって思考、表現されたラディカルな生き残りの思想の系譜にたしかな位置を占めている。例えば、大庭みな子『浦島草』による広島の生き残り、白石かずこ『砂族』による性差別と抑圧の生き残り、富岡多恵子『ひべるにあ島紀行』による性の虐待の生き残り、津島佑子『ジャッカ・ドフニ』による人間文明の生き残りの表現に通じている。

二十世紀の恐怖のトラウマを形成する構造は、ジェンダー差別構造と同じ弱者差別構造である。それは戦後思想のオルタナティヴとして国を超えて世界文学の表現空間を形成している。二十世紀後半の世界は、世界大戦という惨事を生き残った人間の苦悩の文学を生み出したが、吉原幸子の文学は、家族、社会、そして国を超えた生存者として性に向き合い続けたのである。娘による母の沈黙した記憶の継承は世界的に見ても家父長制家族制度、ジェンダー文化のトラウマの継承であり、二十世紀文学に鮮明な痕跡をとどめている。

あれは　古い記憶の突端？
過去の？　未来の？
生の？　死の？
何の突端？

六十年前と同じリズムで
海は　波の鐘を鳴らしつづけ
老いたふたりは　ミイラのやうによろめき歩み
けれど　あの晴れやかさは何だったのか
〈美しい朝　のやうね〉
〈ええ　美しい朝よ〉
（…）
歩き疲れて　うとうと眠れば

波の鐘がかすかに鳴って
二十四時間　の次は
すぐ永遠だが

（「散歩――「八月の鯨」に」『発光』）

ここでは時間と記憶を潜って痛みがつねに召喚され続ける一方で、海辺の朝の風景が穏やかな明るさを漂わせ、生き残ることの美しさと恐ろしさをあらわしている。『幼年連禱』から『発光』への道は、苦しみの解消にもトラウマの解消にもならなかったが、それは詩的言語による、傷を最後まで負い、有機体としてのいのちの解体と発酵の過程を見届ける道のりであった。自らを痛々しく他者に差し出す受難の詩人から、いのちの苦しみと身体の消滅を引き受ける殉教者へ、異邦人の精神に徹底すると同時に他者の苦しみを背負う選ばれた者として、吉原の詩言語は、二十世紀の惨事の体験した「女性＝娘」の思想を表現している。

敗戦と占領は、男性の自我と国家の自信を喪失させた。破壊からの復活が敗戦後の日本の国家体制の再構築であると考えられ、戦後批評空間は、親世代の失敗と屈辱を男性的自我の課題として検証する言説で成立してきた。吉原幸子の詩は、戦後を乗り越えようとする女性の思想である。高度経済成長からバブル経済へと進んでいく二十世紀後半の日本は、女性のトラウマを解消しないままに、再度性差を再編成することで国民国家形成の道を歩んだ。しかし文化の沈黙＝トラウマとの葛藤を抜きにして女性表現がありえなかったように、日本の戦後思想の解明もありえない。

吉原幸子の詩世界には「父」は不在である。父権思想の頂点に位置づけられる国家も神も不在であり、ただその権力に抑圧された女性のトラウマだけが鮮明に表現されている。それは、近代の異性愛幻想を乗り越えた女性の性的自由と主体性の思考の軌跡が、その苦悩と共に展開されているのである。「根源悪」として姿を隠した近代男性権力による性的抑圧からの自由を思考する戦後の女性表現と思想の追跡なしに、戦後思想を語ることも、戦後を乗り越える思考もありえないだろう。

おわりに

吉原幸子は、自らの詩業全体について多く語っているが、吉原の人生に関する自伝的、個人的な出来事に関しては具体的に語っていない。事実、吉原が「秘密」と言っていることの内実は、現在でも「秘密」のままである。その意味で、吉原の詩を、シルヴィア・プラスやアン・セックストンのように自伝的、告白詩であるというのは当たらないが、内面の叫びとして自伝的衝動を表現の根底に持っていることは間違いない。

吉原は、戦後詩の中心的存在として、男性詩人ともジャンルの異なる表現者たちとも幅広く交流してきた。その表現は、斜に構えることも、皮肉や思わせぶりなメタフォアを弄することもなく、つねに真っ直ぐな、一途で激しい感情に満ちていた。また、「現代詩ラ・メール」の活動によって十年間女性の表現を後押ししたことは日本の現代詩の歴史に大きな軌跡を残した。

しかし、吉原の表現は同時に、非主体化され、遺棄されてきた、女性の未踏の内面世界である。自意識の傷の痛みを内包し、沈黙した失語症の内面を表現した吉原の詩と思想は、現在に至る表現の原点として生き続けている。吉原の不在は、二十世紀の終焉と戦後現代詩の終わりを印象づけるが、その思想の重要性はますます鮮明になり、これから深く解明されるはずだ。

吉原さんとは何度かお会いしたが、決まって、楽しいおしゃべりで時間が過ぎた。没後すでに二十年が経った。戦争を幼児期に経験した同世代の詩人が少なくなっていく容赦ない「時」の中で二十世紀の決着がついていないことを感じている。

　これまで戦後の女性作家・詩人、とくに大庭みな子、高橋たか子、津島佑子、白石かずこ、富岡多恵子、金井美恵子を中心に、家族制度の外に自らの精神と自己存在の根拠をおく作家たちの思想的展開をその作品を通して考察してきた。これらの作家は、自己の内面、家族の深層の掘り下げ、トラウマの表現を源泉とすることで共通している。同時に、後期の思想と表現において、自己への沈潜から他者、外部へ向けて、トラウマの痕跡、苦しみを共有していく視点の展開にも通じるところがある。二十世紀文芸思想の中核を形成したモダニズム表現における女性の内面、世界と自己存在意識との亀裂の認識とその革新的な言語表現は、戦後女性思想と表現において確かな着地点に達したことを鮮明に示していると考えている。

　本書は、コロナ禍で外に出ることが少なくなった時期にまとめた。富岡多恵子、白石かずこと並んで、日本の女性表現、女性詩を大きく変容させ、戦後思想の核を形成する性差別の構造を脱する思考の担い手である吉原幸子論をまとめるには有り難い時間を与えられたように感じている。

　柳澤紀子さんのご好意で、チェルノブイリ以降の代表作のひとつ「夢の大工I」を表紙にいただき、大変感謝している。『音波』『詩の魅力／詩の領域』に続き、装幀を手がけてくださったデザイナーの伊勢功治さん、原稿完成からここまでに至る間、思潮社の藤井一乃さんの意見と編集に大変支えられた。改めて感謝したいと思う。

水田宗子

参考文献

ハンナ・アーレント／大久保和郎訳『イェルサレムのアイヒマン――悪の陳腐さについての報告』みすず書房、一九六九年、新装版二〇一七年
――『全体主義の起原1――反ユダヤ主義』みすず書房、一九七二年、新版二〇一七年
――／山田正行訳『暴力について――共和国の危機』みすず書房、二〇〇〇年
ミルチャ・エリアーデ／風間敏夫訳『聖と俗――宗教的なる物の本質について』法政大学出版局、一九六九年
ルネ・ジラール／古田幸男訳『暴力と聖なるもの』法政大学出版局、一九八二年、新版二〇一二年
ジュリア・クリステヴァ／枝川昌雄訳『恐怖の権力――〈アブジェクシオン〉試論』（叢書・ウニベルシタス）法政大学出版局、一九八四年
――／池田和子訳『外国人――我らの内なるもの』法政大学出版局、一九九〇年、新装版二〇一四年
A・ローウェン／森下伸也訳『ナルシシズムという病い――文化・心理・身体の病理』新曜社、一九九〇年
ジュディス・バトラー／竹村和子訳『ジェンダー・トラブル――フェミニズムとアイデンティティの攪乱』青土社、一九九九年
ハラルト・ヴァインリヒ／中尾光延訳『〈忘却〉の文学史――ひとは何を忘れ、何を記憶してきたか』白水社、一九九九年
キース・ヴィンセント／風間孝、河口和也訳『ゲイ・スタディーズ』青土社、一九九七年
日本マラマッド協会編『ホロコーストとユダヤ系文学』大阪教育図書、二〇〇〇年
イヴ・K・セジウィック／上原早苗、亀澤美由記訳『男同士の絆――イギリス文学とホモソーシャルな欲望』名古屋大学出版会、二〇〇一年
――／外岡尚美訳『クローゼットの認識論――セクシュアリティの二十世紀』青土社、一九九九年、新装版二〇一八年

ジークムント・バウマン／森田典正訳『近代とホロコースト』大月書店、二〇〇六年
リチャード・J・バーンスタイン／阿部ふく子、後藤正英他訳『根源悪の系譜――カントからアーレントまで』（叢書・ウニベルシタス）法政大学出版局、二〇一三年
――／斎藤元紀監修・編集『暴力――手すりなき思考』（叢書・ウニベルシタス）法政大学出版局、二〇二〇年
ジャック・デリダ／マリ＝ルイーズ・マレ編、鵜飼哲訳『動物を追う、ゆえに私は〈動物で〉ある』筑摩書房、二〇一四年
小林敏明『風景の無意識――C・D・フリードリッヒ論』作品社、二〇一四年
塩田弘、松永京子他編『エコクリティシズムの波を超えて――人新世の地球を生きる』音羽書房鶴見書店、二〇一七年
上野千鶴子、蘭信三、平井和子編『戦争と性暴力の比較史へ向けて』岩波書店、二〇一八年
松本昇監修『エスニシティと物語り――複眼的文学論』金星堂、二〇一九年
菊地夏野、堀江有里、飯野由里子編『クィア・スタディーズをひらく1　アイデンティティ、コミュニティ、スペース』晃洋書房、二〇一九年
坪井秀人編『戦後日本文化再考』三人社、二〇一九年
――『戦後日本の傷跡』臨川書店、二〇二二年
西井凉子、箭内匡編『アフェクトゥス――生の外側に触れる』京都大学学術出版会、二〇二〇年
バーバラ・H・ローゼンワイン、リッカルド・クリスティアーニ／伊東剛史他訳『感情史とは何か』岩波書店、二〇二一年
ジュディス・バトラー／佐藤嘉幸監訳、竹村和子、越智博美訳『問題＝物質となる身体――「セックス」の言説的境界について』以文社、二〇二一年
岩川ありさ『物語とトラウマ――クィア・フェミニズム批評の可能性』青土社、二〇二二年
石川亜由美『妾と愛人のフェミニズム――近・現代の一夫一婦の裏面史』青弓社、二〇二三年

吉原幸子《よしはらさちこ》　秘密《ひみつ》の文学《ぶんがく》——戦後女性表現の原点

著　者　水田宗子《みずたのりこ》

発行者　小田啓之

発行所　株式会社思潮社

一六二－〇八四二　東京都新宿区市谷砂土原町三－十五

電　話　〇三－五八〇五－七五〇一（営業）

〇三－三二六七－八一四一（編集）

印刷・製本　三報社印刷株式会社

発行日　二〇二三年八月三十一日